KB159975

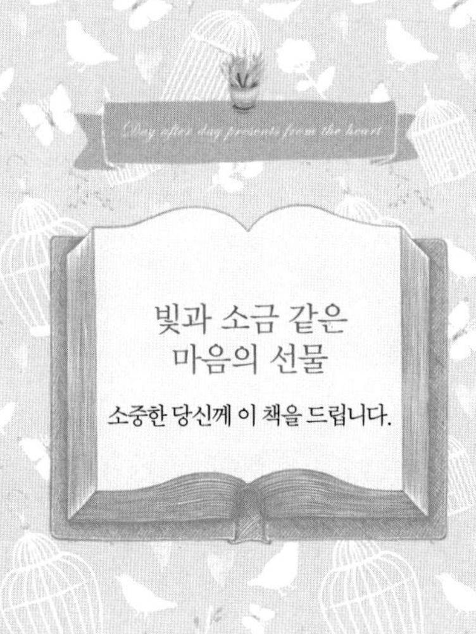
Day after day presents from the heart
빛과 소금 같은
마음의 선물
소중한 당신께 이 책을 드립니다.

매일매일 감동을 주는

마음의 선물

매일매일 감동을 주는

마음의 선물

곽광택 지음

뜻이있는사람들

prologue

내 인생에 힘이 되어 줄 주옥같은 감동의 글

어렵고 힘든 일이 있다면 나를 정복하는 습관을 길러라. 부단히 노력하고 반복하면 습관이 된다. 천재란 오로지 인내가 만든다. 자포자기보다 더 큰 실패는 없다. 인생에서 가장 힘든 일은 시간과 공간을 정복하는 일이 아니라 자신의 어리석음과 타성을, 탐욕스러움과 까다로움을, 두려움과 아량 없는 독단을 정복하는 일이다.

우리는 항상 두 가지 선택의 길에 헤맨다. 하나는 악한 생각에 져서 죄악에 빠져 그것을 즐기고 있는 현실이며, 또 하나는 그것에 실증을 느끼고 후회하며 스스로 책망하기 시작하는 때이다. 하지만 그것을 억제하면 만족이 온다는 사실이다. 훌륭한 인격을 갖추려고 노력하는 것보다 인생을 잘 사는 방법은 없다. 내게 결점을 지적해주는 사람에게 감사해야 한다. 결점을 알았다고 해서 없어지는 것은 아니다. 늘 고치려고 노력하고 양심껏 행동해야 한다.

우리가 사는 동안 따뜻한 말 한마디는 소통의 길로 연결해주는 다리가 되어 준다. 말의 힘이란 자신이 지닌 교양이나 지식이 수반되어 표현되는 언어의 결정체이다.

사람 속에 말이 있고 말 속에 사람이 있다. 사람은 저마다 자기의 말을 하며 그 사람의 인품을 나타낸다.

말처럼 위대한 것은 없다. 말에는 뜻이 있고, 얼이 있고, 생명이 있다. 칭찬의 말은 우리의 가슴을 뜨겁게 하며, 위로의 말은 우리의 마음에 안식을 주고, 격려의 말은 우리의 마음에 힘을 주며, 진실한 말 한마디는 상대에게 기쁨과 용기를 준다.

사랑하는 것보다 미워하는 것이 더 많은 에너지가 필요하다. 만약 우리가 누군가를 용서할 수 없으면 그 마음을 유지하느라 많은 시간과 에너지를 낭비하게 될 것이다. 따라서 그 시간과 에너지를 사랑에 쏟을 수 있다면 많은 발전을 이룰 수 있다.

이 책이 이웃과 더불어 마음에 멘토가 되어 정이 넘치는 세상을 만들어 가고 가슴속 깊이 사랑의 맑은 샘이 솟아 흐르면 그것보다 더 아름다운 선물은 없을 것이다.

– 곽광택

나의 머릿속엔 꿈이,

마음 안엔 간절함이 있듯이

우리에게는 희망이 있다.

넘어져도 일어설 수 있는 힘은,
넘어져본 자만이
가질 수 있습니다.

January

January 001

소인과 대인

People do not lack strength, they lack will.

인간은 강인함이 부족한 것이 아니라 의지가 부족하다.

Victor, Marie Hugo(프랑스 낭만파 시인, 소설가)

소인은 잘못을 저지르면 반드시 꾸며댄다. 위인은 평범한 것에 관심이 있다. 소인은 사소한 일로 중상을 입지만 위인은 일체를 통찰하니 경상조차 입지 않는다. 군자는 의리에 밝고 소인은 이익에 밝다. 군자는 마음이 편안하고 너그러우며, 소인은 언제나 근심에 쌓여 불안하다. 군자를 섬기기는 쉬워도 기쁘게 하기는 어렵다. 옳은 일로서 기쁘게 하지 않으면 기뻐하지 않고 사람을 부림에는 그 임무만 완수하면 만족하기 때문이다. 소인을 섬기기는 어려워도 기쁘게 하기는 쉽다. 옳지 않은 일로서 기쁘게 해도 기뻐하며 사람을 부림에서는 완전무결하기를 요구하기 때문이다.

* 소인과 대인의 차이는 옳고 그름을 판단하는 분별력에 있습니다.

January 002

행동

Think rich, look poor.

생각은 풍요롭게 겉모습은 가난하게 하자.

Andy Warhol(미국 예술가)

행동에 부주의하지 말며 말에 혼동되지 말며, 생각에 방황하지 마라. 군자는 입이 무겁고 실천에는 민첩하다. 말만 하고 행동하지 않는 사람은 잡초로 가득 찬 정원과 같다. 인간은 자기 말에 변덕을 부리는 것이 자기 행동에 일관성을 가지기만큼 어렵다는 것을 알게 될 것이다. 그대의 모든 행동, 모든 말, 모든 생각이 이 순간에도 인생을 부끄러워할 줄 모르면 그 말을 실행하기도 어렵다. 말하고자 하는 바를 먼저 실행하라. 그러고 나서 말하라. 말하자마자 행동하는 사람, 그것이 가치 있는 사람이다.

* 구슬이 서 말이어도 꿰어야 보배. 실천 없는 말은 굴러다니는 구슬일 뿐입니다.

January 003

용서

When you come to a roadblock, take a detour.

갈 길이 막히면 돌아가면 그만이다.

Mary Kay Ash(미국 화장품 회사 창업자)

진실을 사랑하라. 그러나 잘못은 용서하라. 우리는 때때로 인간의 덕성에서보다 잘못에서 더 많은 것을 배운다. 모든 인간은 잘못을 범하기 쉽다. 그리고 대부분 인간은 욕구에 휘둘려서, 때로는 호기심을 못 이겨서, 언제든 잘못을 범할 수 있는 유혹 아래 놓여 있다. 우리 생활에서의 잘못의 태반은 우리가 생각해야 할 곳에서는 느끼고, 느껴야 할 곳에서는 생각하는 데에서 생긴다. 가장 훌륭한 사람도 넘어진다. 과실을 거쳐 사람은 광명에 도달한다.

* 넘어져도 일어설 수 있는 힘은, 넘어져본 자만이 가질 수 있습니다.

January 004

노력

Be quick, but don't hurry.

기민하라, 그러나 서두르지 마라.

John Robert Wooden(미국 대학 농구 코치)

뜻을 세워 공부하는 것은 마치 나무를 심는 일과 같다. 뿌리와 싹이 날 때엔 아직 줄기가 없고, 줄기가 생길 때엔 아직 가지가 없다. 가지가 자란 다음에야 잎이 달리고 잎이 달린 다음에야 꽃과 열매가 열린다. 끊임없이 시도하라. 겸손한 자만이 다스릴 것이요, 애써 일하는 자만이 가질 것이다. 노력이 적으면 얻는 것이 적다. 인간의 재산은 그의 노고에 달렸다. 노력해서 해결하지 못할 일은 아무것도 없다. 하나의 작은 꽃을 피우는 데에도 오랜 세월이 필요하다.

* 애쓰지 않고도 무언가를 얻을 수 있다는 바람은 헛된 소망, 즉 망상입니다.

January 005

근면

When it is dark enough, you can see the stars.

아무리 어두워도 별은 빛나고 있다.

Ralph Waldo Emerson(미국 사상가)

근면은 행운의 어머니이며 번영의 열쇠이다. 부지런한 사람은 생각이 많고, 생각이 많은 사람은 선량한 마음을 갖고자 고뇌하며, 놀기 좋아하면 음탕해지고, 음탕한 사람은 선량함을 잊으며 그로부터 악함이 생겨난다. 큰 부자는 하늘이 내리지만 작은 부자는 자신의 부지런함이 내린다. 부지런한 물레방아는 얼 틈이 없다. 너희가 큰 재주를 가졌다면 근면은 너희 재주를 더 빛나게 해줄 것이며, 평범한 능력밖에 없다면 근면은 너희의 부족함을 보충해줄 것이다.

* 내 머리에 왕관을 씌워줄 수 있는 건 바로 나 자신의 부지런한 손입니다.

January 006

오늘 해야 할 일

Never let your memories be greater than your dreams.

과거보다 큰 꿈을 꿔라.

Douglas Ivester(미국 경영자)

태만은 가난의 어머니이며 악마의 베개요, 모든 악의 원천이고 근본이다. 태만은 마음이 약한 자의 피난처요, 미련한 자의 휴일이다. 근심 걱정은 태만에서 샘솟고, 쓰라린 노고는 불필요한 안일에서 생긴다. 물이 흐르지 않으면 썩듯이 태만은 둔한 몸을 쇠약하게 만든다. 오늘 할 수 있는 일을 결코 내일로 미루지 마라. 늦게 일어난 사람은 종일 종종걸음을 걸어야 한다.

* 오늘을 걸어야 할 길을 걷지 않는다면, 내일은 뛰어서도 도달하지 못합니다.

January 007

습관

A problem is your chance to do your best.

역경은 최선을 다할 수 있는 기회다.

Duke Ellington(재즈피아노 연주자 · 작곡가)

습관은 제2의 천성이다. 습관은 잔인성도 없고 마술도 없는 우리의 제1의 천성을 알 수 없도록 방해하는 제2의 천성이다. 못은 다른 못에 의해 빠지고 습관은 습관에 의해 제압된다. 노력을 중단하면 습관을 잃는다. 습관은 버리기는 쉽지만, 다시 들이기는 어렵다. 오늘에 한 가지 어려운 일을 해내고 내일 또 한 가지 어려운 일을 해내어 오래 계속하면 자연히 굳어진다. 늘 마시는 자는 맛을 모르고 늘 지껄이는 자는 절대 생각하지 않는다. 일단 몸에 붙은 악습은 깨어지기는 할지라도 고쳐지지는 않는다.

* 악습에 내 몸을 길들이는 것은 자기 운명을 갯가에 던져버리는 일입니다.

원인과 결과

Victory is sweetest when you've known defeat.

패배의 쓴 맛을 봐야 최고의 승리를 맛볼 수 있다.

Malcolm Stevenson Forbes(미국 포브스 지의 발행인)

원인과 결과는 신의 소관이다. 어느 것 하나 이유 없이 이루어지는 일은 없다. 현존하는 모든 좋은 것은 그 근원의 열매이다. 원인과 결과는 한 가지 사실의 양면이다. 결과는 행동의 슬기로움을 입증한다. 메마른 땅에 뿌릴지라도 씨앗만 좋으면 훌륭한 열매를 맺을 수 있다. 은덕을 후하게 베푼 자는 선한 보답을 받고 남에게 원한을 사면 깊은 재앙을 받는다. 좋은 씨를 뿌리는 자는 틀림없이 좋은 열매를 수확하리라.

* 과정은 결과를 만들고, 결과가 과정을 말해줍니다.

January 009

조화

One of these days is none of these days.

'언젠가라는 날' 은 결코 오지 않는다.

Henry George Bohn(영국 출판업자)

조화는 순수한 사랑이다. 조화는 사소한 것도 성장하게 하지만 조화가 모자라면 위대한 것도 조작하게 한다. 물과 불은 상극이다. 그러나 중간에 냄비를 놓고 반찬을 만들면 물과 불의 조화로 맛있는 반찬이 만들어진다. 활시위를 당긴 채 쏘지 않으면 활은 곧 부러질 것이다. 발을 잊는 것은 신발이 맞기 때문이요, 허리를 잊는 것은 허리띠가 맞기 때문이다. 우아함과 조화는 선과 덕의 자매이다.

* 자기 능력을 조화롭게 활용할 줄 아는 사람이 멋있는 인생을 만듭니다.

좋고 나쁜 것은 없다

Believe and act as if it were impossible to fail.

실패란 없다고 믿고 도전해 보자.

Charles Franklin Kettering(미국의 농민, 교사, 과학자, 발명가)

비교는 친구를 적으로 만들고 때로는 큰 불화를 초래한다. 똑같은 한 개가 동시에 좋을 수도 있고 나쁠 수도 있으며 무해무익할 수도 있다. 음악은 우울한 사람들에게는 치유가 되지만 안정을 취해야 하는 사람에게는 소음이 되며, 귀머거리에게는 좋지도 나쁘지도 않다. 말하는 이의 마음은 한결같건만 듣는 이의 귀들은 서로 다르다. 거울은 모습을 비추어보기에는 편리하지만, 밥을 담기에는 도시락만 못하다. 만일 구름이 없다면 우리는 태양을 즐기지 못하리라.

* 모든 건 그대로인데, 내 눈과 내 귀가 변해서 변한 듯이 들리고 보이는 것이 있음을 기억해야 합니다.

January 011

세상에서의 사건

If you obey all the rules, you miss all the fun.

모든 규칙을 따르면 모든 즐거움을 놓치고 만다.

Katharine Houghton Hepburn(미국 여배우)

사람의 마음은 그의 책이요, 사건은 그의 교사요, 위대한 행위의 웅변이다. 태산에 발이 걸려 넘어지는 일은 없어도 개밋둑같이 작은 것에 걸려 넘어지기는 일쑤다. 작은 일을 가볍게 여기거나 대단치 않은 일이라고 업신여겼다가는 큰 봉변을 당할 수 있다. 우리가 항상 잘 알고 있어야 할 두 개의 원칙은 의지 속을 제외하고는 선도 악도 없다는 것이며, 우리가 사건을 이끄는 것이 아니라 우리가 사건을 따라간다는 것이다.

* 우리 인생은 거대한 사건, 사고 하나로 이루어지는 것이 아니라 사소한 사건들의 총합입니다.

January 012

시작하기 전에

A wise man will make more opportunities than he finds.

현자는 기회를 찾기보다는 스스로 기회를 만든다.

Francis Bacon(영국의 철학자, 신학자, 법학자)

내일의 결핍에 대비하여 오늘을 알뜰히 준비하라. 사람이면 앞일까지 생각하지 않는다면 반드시 가까운 근심이 있으리라. 서두르라. 돌아오는 시간을 기다리지 마라. 오늘 준비가 되지 못한 자는 내일은 더욱 그러할 것이다. 일 년을 위한 대비책으로 곡식을 심는 것보다 더 좋은 것이 없고, 십 년을 위한 대비책으로는 나무를 심는 것보다 더 좋은 것이 없으며, 평생을 위한 대비책으로는 인재를 기르는 것보다 더 좋은 것이 없다. 평화 시에는 전시에 필요한 것을 대비해야 한다.

* 준비 없이 맞이하는 내일은 오늘보다 더 나을 수 없습니다.

리얼리스트가 돼라

Only in the darkness can you see the stars

어둠 속에서만 별을 볼 수 있다.

Martin Luther King, Jr(미국의 흑인 운동 지도자, 목사)

이상은 높을수록 투철할수록 혁명적이다. 인간은 머리를 하늘로 두는 동물인데 자기 천장의 거미줄은 보지 않는다. 자기 발 앞엣것에 주목하는 사람은 아무도 없다. 우리가 모두 별만 응시한다. 이상은 별과 같아서 자기 손으로 그것을 만질 수가 없다. 이상주의는 깊은 감정에서 생기지만 감정은 그것을 온전하게 유지하는 공식화된 관념이 없으면 아무것도 아니다. 사실이 이상과 결합했을 때 세상에서 가장 큰 힘을 이룬다.

* 이상만으로는 살 수 있는 삶은 없고, 현실만으로 풍요로워지는 인생은 없습니다.

January 014

이득을 얻으려면

I have a dream today!

오늘, 내게는 꿈이 있다!

Martin Luther King, Jr(미국의 흑인 운동 지도자, 목사)

큰 거짓말이 비록 귀에 거슬려도 좋은 낯으로 대하라. 남에게 무례한 짓을 하지 말고 남에게 무례한 짓을 당하지 마라. 모든 사람에게 예의 바르고, 많은 사람에게 붙임성 있고, 몇 사람에게 친밀하고, 한 사람에게 벗이 되고, 아무에게도 적이 되지 마라. 위에 있으면서 교만하지 않으면 아무리 지위가 높아져도 위태하지 않고, 예절과 법도를 무시하면 아무리 재물이 가득해도 넘치지 않는다. 냉정한 눈으로 사람을 보고, 냉정한 귀로 말을 듣고, 냉정한 마음으로 도리를 생각하라.

* 사람 마음을 얻는 사람들의 공통점은 겸허함과 통찰력을 지녔다는 것입니다.

January 015

은혜

There is always light behind the clouds.

구름 저편에는 언제나 푸른 하늘이 있다.

Louisa May Alcott(미국의 여류 소설가)

친절은 항상 친절을 낳는다. 그러나 은혜의 기억을 마음 속에 간직해 두지 않는 자는 고귀한 인간이 아니다. 천금을 주고도 일시의 환심을 사기 어려우나 한 그릇 밥으로도 평생의 감사한 마음을 이룰 수 있다. 은혜를 베푼 일은 절대 기억하지 말고, 은혜를 받으면 그것을 절대로 잊지 마라. 은혜를 베풀거든 그 보답을 구하지 말고 남에게 주었거든 뒤에 후회하지 마라. 은혜를 베푼 자는 그것을 감추고, 은혜를 받은 자는 그것을 밝히라.

* 준 것은 잊고 받은 것은 기억하여, 다시 주는 삶을 살아야 합니다.

배반하지는 말아야 한다

Vision is the art of seeing things invisible.

비전이란 보이지 않는 것을 보는 기술이다.

Jonathan Swift(아일랜드 작가)

은혜를 갚는 데 너무 성급한 것은 배은망덕의 일종이다. 배은망덕은 어떤 풍토에서도 자라는 잡초로 처음에는 너무나도 빨리 자라지만 조만간에 시들어버린다. 은혜를 받을 줄만 알고 그것을 보답할 줄 모르는 자는 가치 없는 사람이다. 은혜를 모르는 사람 하나가 곤경에 빠져 있는 모든 사람에게 해를 끼친다. 배반자는 자기가 이득을 베풀어준 사람에게까지 미움을 받는다.

* 은혜를 제대로 갚을 줄 아는 사람이 제대로 된 은공을 입습니다.

January 017

친절

There is always a better way.

더 나은 방법은 항상 존재한다.

Thomas Alva Edison(미국의 발명가, 기업가)

친절은 아름다움보다 더 가치가 있다. 친절은 미덕이 그 안에서 자라는 햇빛이다. 친절한 행동은 아무리 작은 것이라도 전혀 헛되지 않다. 끈질긴 친절은 악한 자를 정복한다. 약간의 친절한 행동, 약간의 사랑의 말은 이 세상을 천국처럼 행복하게 만드는 데 도움이 된다. 친절은 언제나 행복의 어버이다. 우리는 언제 우정이 형성되는지 그 정확한 순간을 말할 수 없다. 한 방울, 한 방울씩 그릇을 채울 때 마침내 그것을 넘쳐흐르게 하는 것이다.

* 상냥한 말 한마디가 하루를 기분 좋게 하며, 그런 하루하루를 쌓아가는 사람은 커다란 행복의 제조자입니다.

희생

He who moves not forward, goes backward.

전진하지 않으면 후퇴할 뿐이다.

Johann Wolfgang von Goethe(독일 시인, 시인, 극작가)

양초는 어둠을 밝게 해주며 자신을 소비한다. 자기희생은 다른 사람 또한 거침없이 희생하게 하는 동기를 만들어줄 수 있다. 두 개의 마른 나뭇가지는 한 개의 생나무를 태운다. 한 민족이 괴로움을 당하기보다는 한 사람이 고통을 받는 편이 낫다. 한 사람의 열광자가 박해자가 될 수 있으며 그보다 나은 사람들이 그의 희생물이 될지 모른다. 하나를 위한 전체, 전체를 위한 하나, 이것이 우리의 소망이다. 헌신은 복종의 어머니이다.

* 나 하나를 희생하는 이타주의는 거짓과 횡포를 일삼는 거대한 독재자의 이기심에 맞먹는 힘을 가집니다.

January 019

오늘 생각해서 내일 말하라

Today is the first day of the rest of your life.

오늘이라는 날은 남은 인생의 첫 날이다.

Charles Dederich(미국 약물 중독환자 구제기관 설립자)

말은 착하고 부드럽게 하라. 좋은 마음으로 악기를 다루어야 아름다운 소리가 나오듯이 좋은 말을 내놓아야 몸에 시비가 붙지 않고 세상을 편안히 살다 가게 된다. 말이 생각보다 앞서지 않도록 하라. 편파적인 말은 마음을 가리고, 늘어놓는 말에는 함정이 있으며, 간사한 말에는 이간시키려 함을 알 수 있고, 변명하는 말에서는 궁지에 몰려있음을 알 수 있느니라. 덕이 있는 사람은 말 또한 훌륭하지만, 말이 훌륭한 사람이라 하여 반드시 덕이 있지는 않다.

* 자기 말의 무게감은 자기 자신이 만듭니다.

침묵은 더욱 위대하다

As long as you're going to be thinking anyway, think big.

어차피 무언가를 생각한다면 큰 것을 생각하라.

Donald John Trump(미국의 실업가, 작가)

지성은 침묵 속에 있으며, 진리는 눈에 보이지 않는다. 침묵은 자기 자신을 위대한 일에 적응시키는 요소이다. 침묵은 매우 작은 미덕이다. 그러나 말해서는 안 될 것을 말하는 것은 극악한 죄이다. 침묵은 말 이상으로 웅변적이다. 침묵은 인간의 영원한 의무이며 진실한 애정의 감사이다. 침묵은 힘이요, 진정한 지혜에 대한 최선의 대답이며 진실의 어머니이다. 적당한 때의 침묵은 지혜이며 어떤 연설보다 더 훌륭하다. 만일 침묵할 수 있는 인간의 능력이 말할 수 있는 능력과 동등하다면 인간사는 훨씬 더 행복해질 것이 분명하다.

* 열 마디 말보다 한순간의 침묵이 힘을 발휘하는 순간이 있습니다.

예술의 역사는 부활의 역사이다

Often you have to rely on intuition.

때로는 직관이 의지가 되기도 한다.

William Henry Bill Gates(미국의 실업가, 마이크로 소프트사의 공동 창업자)

자연은 신의 계시요, 예술은 인간의 계시이다. 예술사는 그 자체로 걸작의 역사이다. 예술가는 대자연의 연인이다. 따라서 그는 자연의 하인이며 주인이다. 모든 예술은 하나다. 모든 가지가 한 나무에 매달리고 모든 손가락이 한 손에 매달렸듯이 비평은 쉽고 예술은 어렵다. 예술가들이 후예라고 부르는 것은 예술 작품의 후예이다.

* 인간은 음악, 미술, 무용, 문예 등의 예술을 창조하는 능력을 지녔다는 점에서 다른 생명체가 지니지 않은 역사란 것을 가집니다.

January 022

영혼의 무늬

The human race is governed by its imagination.

인간은 그 상상력에 의해 지배된다.

Napoleon Bonaparte(프랑스 황제, 정치가, 군인)

문학은 생각하는 영혼의 사상이다. 문학이란 한 인간의 심정을 글로 나타낸 것이다. 문학을 장사로 하지 마라. 가장 훌륭한 목적으로 정돈되고, 가장 강력한 힘과 가장 위대한 재능이 구사되었으며, 그것이 증발하거나 잊히지 않도록 기록된 언어를 더 좋은 말이 없으므로 우리가 문학이라고 부르는 것이다. 문학은 환경의 악에서 자신을 보호하려는 인간의 노력이다.

* 글을 쓰는 일은 영혼의 무늬를 직조하는 일입니다.

January 023

알약

Never complain. Never explain.

불평을 하지 마라, 변명을 하지 마라.

Katharine Houghton Hepburn(미국의 여배우)

사랑이 없는 이야기는 겨자 없는 고기처럼 맛없는 요리이다. 작가는 인간 영혼의 기사이다. 행복한 작가는 평판의 대상이 되지 않는 작가이다. 진짜 작가는 성공을 바라지 않는다. 미국에서는 성공한 작가만 중요하고 프랑스에서는 모든 작가가 중요하고, 영국에서는 어느 작가도 중요하지 않다. 문학이 슬픔을 달래주거나 괴로움을 가라앉히는 곳이면 어디든, 그리고 눈뜬 채 눈물지으며 어두운 집과 긴 잠을 갈망하는 눈에 기쁨을 가져다주는 곳이라면 어디든, 거기에는 가장 숭고한 형태로 나타난다.

* 소설은 인간의 영혼을 구원하는 한 권의 알약입니다.

January 024

시는 행복한 순간의 마음의 기록

We aim above the mark to hit the mark.

성공하고 싶다면 남보다 더 노력해야 한다.

Ralph Waldo Emerson(미국 사상가)

시는 모든 예배의 자연적 언어이며 모국어이다. 시는 숨결이며 모든 지식보다 훌륭한 정수이다. 시는 시인의 내심의 대화를 기록한 감정의 토론이다. 그러나 독자는 그것을 자기 자신의 것으로 인식한다. 시는 인간이 자기 자신의 경이를 탐구하는 언어이다. 과학은 배우는 사람을 위해서 존재하고, 시는 알고 있는 사람을 위해서 존재한다.

* 시는 인간의 언어로 구사할 수 있는 가장 아름다운 말입니다.

January 025

승리가 확실할 때만 공격하라

Failure is a detour, not a dead-end street.

실패는 돌아가는 길일 뿐, 막다른 길이 아니다.

Zig Ziglar(미국의 강연가, 작가)

너의 적이 있는 곳을 찾아내라. 네가 할 수 있는 한 빨리 그에게 접근하라. 무방비한 곳을 공격하고 적이 뜻하지 못한 것을 노려라. 성공적인 군인이 되려면 역사를 알아야 한다. 개구리가 있는 곳에는 물이 있다. 전쟁에는 네 가지 요건이 필요하다. 첫째 전투 정신, 둘째 지세의 이용, 셋째 적정의 정찰, 넷째 전투력이다. 승리는 밝은 색깔의 아름다운 꽃이다. 승리하려는 마음만 앞세우면 적을 경시하게 되고 경계하는 마음만 앞세우면 적이 두려워진다. 어떤 대가를 치르더라도 승리요, 어떤 공포에서도 승리다. 승리 없이는 생존이 없다. 백만의 적군을 이기기보다 자기 하나를 이기는 것이 승리 중의 승리이다.

* 어설픈 승리란 없습니다. 싸움에 임할 때는 철두철미한 승리를 노려야 합니다.

January 026

상상은 지식보다 더 중요하다

Control your destiny, or someone else will.

자신의 운명은 자신이 조종해야 한다. 아니면 누군가에게 조종당하고 만다.

John Francis Welch Jr(미국의 실업가)

상상이란 영혼의 눈이다. 학식 없이 상상력을 지닌 자는 날개는 있으나 발은 없는 자이다. 환상은 느끼는 사람에게는 기술이며 우리가 살아가는 것도 기술에 의해서이다. 인간의 상상에서만 모든 진리는 유효하고 거부할 수 없는 생존을 찾는다. 상상은 인생 최고의 스승이며 예술의 최고 스승이다.

* 인류를 존속시킨 것은 과학기술이 아닌 상상력입니다.

January 027

표절과 연구의 차이

If you can dream it, you can do it.

꿈을 꿀 수 있다면 그것은 실현할 수 있다.

Walt Disney(미국의 엔터테이너, 실업가)

한 작가에게서 도둑질하면 표절이요, 여러 작가에게서 도둑질하면 연구이다. 나는 나 자신의 것을 좀 더 낫게 표현하기 위해서만 남의 것을 인용한다. 위대한 작가를 인용하는 것은 인용자 편에서는 자식으로서의 존경 행위이고, 피상적이며 외면적으로 자란 대중에게는 축복이다. 현자들의 지혜와 노인들의 경험은 인용으로 보존될 수 있다. 아름다움을 복사하면 명예로의 모든 구실을 잃으며 잘못을 복사하는 것은 지각의 부족이다. 너 자신의 것으로 끝내려면 타인의 것을 가지고 시작하라.

*타인의 작품들을 통해 보편의 가치를 찾아내는 것이 창조의 가장 기본적인 밑거름입니다.

January 028

천재

Kites rise highest against the wind not with it.

연이 가장 높이 나는 것은 바람과 맞설 때이지 바람에 날릴 때가 아니다.

Winston Churchill(영국의 정치가, 노벨 문학상 수상)

천재란 1%의 영감과 99%의 땀과 근면으로 길러지고 인내의 결과이다. 자기에게 진실한 것은 모든 사람에게 진실하다는 것을 믿는 것, 그것이 천재이다. 천재의 모든 산물은 틀림없는 열성의 산물이다. 천재가 한 일치고 인류의 기쁨이 되지 않은 것이 없으며 천재가 한 말치고 인간의 넋에 감홍 되지 않는 것이 없다. 역경은 천재를 드러내고 순경은 천재를 감춘다. 범인은 피땀을 흘려 쓰레기를 생산하고 천재는 경이를 창조한다. 한 명의 위대한 천재의 출현은 백 명의 범인의 출생과 맞먹는다. 재능은 인간의 능력 속에 있는 것이요, 천재는 자기의 능력 속에 인간이 있는 것이다.

* 천재는 하늘이 내리지만, 내 안의 천재성을 찾는 건 나 자신의 몫입니다.

January 029

얻고 덮은 책이 양서이다

Good artists copy, great artists steal.

우수한 예술가는 모방을 하고, 위대한 예술가는 훔친다.

Pablo Picasso(스페인 출신의 화가, 조각가)

아무리 좋은 책이라도 항상 즐겁게 읽을 수는 없다. 마음은 마음의 양식을 언제나 갈구하고 있지 않기 때문이다. 불쏘시개로 쓰려 하다가 재빠르게 다시 손에 움켜쥔 책이 가장 쓸모 있는 책이다. 책은 불행한 사람에게는 상냥한 벗이다. 책 없는 방은 영혼 없는 육체와 같다. 돈이 가득 찬 지갑보다는 책이 가득 찬 서재를 갖는 것이 훨씬 좋다. 집은 책으로, 정원은 꽃으로 가득 채우라.

* 좋은 책을 소장하는 것은 금은보화로 가득한 금고를 갖는 것보다 값진 일입니다.

January 030

책은 언제나 친구

Outside a dog, a book is man's best friend.

개를 제외하고 책은 인간의 가장 좋은 친구다.

Groucho Marx(미국 배우)

진실한 마음으로 참된 책을 읽는 것은 고상한 행동이다. 전력을 다 사용하지 않으면 훌륭하게 책을 읽기는 불가능하다. 천천히 읽는 법을 배우라. 인생은 매우 짧고 그중에서도 조용한 시간은 얼마 안 되므로 우리는 그 시간을 가치 없는 책을 읽는 데 낭비하지 말아야 한다. 현명한 사람은 책을 선택한다. 친구를 선택하듯이 작가를 선택하라. 책은 언제나 변함없는 친절로 당신을 대한다.

* 좋은 책은 좋은 물을 들입니다. 이와 마찬가지로 나쁜 책은 나쁜 물을 들입니다.

아름다운 것은 언론의 자유다

Where of one can not speak, there of one must be silent

우리는 말할 수 없는 것에 대해선 침묵해야 한다.

Ludwig Josef Johaun Wittgen stein(오스트리아 출신 영국 철학자)

모든 자유 중에서도 양심에 따라서 자유롭게 알고 말하고 논할 자유를 나에게 달라. 출판의 자유는 그 자체가 목표가 아니라 자유사회의 목표를 향한 수단이다. 모든 것을 말할 수 있는 국민은 모든 것을 할 수 있게 된다. 공평한 양심의 자유는 모든 사람의 천부적 권리라고 나는 항상 믿었다. 사람이 자기가 좋아하는 것을 생각할 수 있고 자기가 생각하는 것을 말할 수 있는 것은 오늘날에는 보기 드문 행운이다.

*훌륭한 지도자는 언론을 존중하고, 독재자는 언론의 입을 막는 일부터 시작합니다.

배움을 통해
정신과 지력을 바로 세우는 일,
이것이 인생의 올바른
목표입니다.

February

February 001

문화의 승리

The time is always right to do what is right.

옳은 일을 할 때는 기회를 엿볼 필요가 없다.

Martin Luther King, Jr(미국의 흑인 운동 지도자, 목사)

교육받은 사람은 동일 언어로 말하지만, 문화인은 전혀 말할 필요가 없다. 문화는 그 자체로 생활이 아니라 완전성과 순수성에 이르는 기회이다. 문화의 힘은 우리 자신을 행복하게 하고 나아가서 남에게 행복을 주기 때문이다. 정신문화에서 최고로 가능한 단계는 우리가 우리의 사고를 제어해야 함을 인식하는 때이다. 책이 없다면 하느님은 말이 없고, 정의는 잠들고, 자연과학은 멈추고, 철학은 절름거리고, 문학은 언어장애인이 되며, 모든 것이 칠흑의 어둠 속에 묻혀버릴 것이다.

* 문화는 지식에 앞선 가치를 지닙니다.

February 002

아는 것이 힘이다

Chop your own wood, and it will warm you twice.

스스로 장작을 패라, 이중으로 따뜻해진다.

Henry Ford(미국 포드자동차 창업자)

지식은 천체의 위대한 태양이며 사랑의 어버이요, 지혜는 사랑 그 자체이다. 지식은 영혼의 행동이고 동정이자 자비요, 친절이며 대상과 지성의 일치이다. 유일한 선은 지식이요, 악은 무지다. 무지는 신의 저주를 받을 만한 것이요, 지식은 우리를 천국으로 날아가게 하는 날개이다. 인간의 지식은 물과 같아서 어떤 것은 위로부터 내려오며 또 어떤 것은 아래로부터 솟아난다. 전자는 자연의 빛에 의해서 불어 넣어지며 후자는 신의 계시로 고취된다.

* 지식은 문화와 문명의 바탕이 되는 기본적인 가치입니다.

February 003

지식에의 투자가 이윤이 가장 높다

The sole meaning of life is to serve humanity.

인생의 유일한 의의는 남을 위해 사는 것이다.

Tolstoy(러시아의 소설가, 사상가)

식견이 사람을 관대하게 만든다. 우리는 지식으로 살지 시각으로 사는 것이 아니다. 앎은 고생함으로써 시작되고 인생은 죽음으로써 완성된다. 인간의 주권은 지식 속에 비장되어 있다. 그 속에는 군주가 자기 재물로 살 수도, 자기 권력으로 명할 수도 없는 많은 것이 확보되어 있다. 지식은 행동을 통하여 얻어져야만 한다. 지식욕은 인간 본연의 감정이다. 자신이 아는 것보다 모르는 게 더 많다는 사실을 아는 것은 어떤 의미에서 박식이다.

* 지식의 풍요는 내 삶을 살찌우며, 지식의 결핍은 내 삶을 빈곤하게 만듭니다.

February 004

지식이 없으면 죽음의 그림자

Fear always springs from ignorance.

공포는 늘 무지에서 비롯된다.

Ralph Waldo Emerson(미국 사상가)

진정한 지식은 겸손하며 세심하다. 지식 없는 정열은 빛없는 불과 같다. 지식의 나무 열매는 갖가지이다. 그 열매를 모두 소화할 수 있는 자는 실로 굳셀 것임이 틀림없다. 정의를 떠난 지식은 지식이라기보다는 교활함이라 일컫는 편이 낫다. 우리의 지식이 증가할수록 우리의 무지가 더욱더 밝아진다. 내가 아는 것을 다른 사람이 이미 알고 있지 않으면 안다는 것은 아는 것이 아니다.

* 지식에 오만과 이기심이 보태지면, 무지함만 못합니다.

February 005

아는 것과 모르는 것의 차이

I never worry about action, but only inaction.

행동하는 것은 전혀 두렵지 않다. 두려운 것은 무위로 시간을 보내는 것이다.

Winston Churchill(영국의 정치가, 노벨 문학상 수상)

한 문제를 반쯤 아는 것보다는 모르는 것이 더 낫다. 많은 것을 몰라도 최선을 아는 것이 지력의 최상이다. 모든 것을 조금씩 다 안다는 것은 하나도 모른다는 것이다. 지혜가 많으면 번뇌도 많으니 지식을 더하는 자는 근심을 더 하느니라. 지식은 그만큼 많이 배웠다는 자랑이요, 지혜는 더는 모른다는 겸양이다. 지식인은 어리석은 자를 가르칠 권리를 가지고 있다. 무지 이외에는 암흑이 없다.

* 지혜를 겸하지 않은 지식은 암흑 같은 무지와 상통합니다.

무지는 감탄의 어머니

Only the pure in heart can make a good soup.

순수한 마음만이 맛있는 수프를 만들다.

Ludwig van Beethoven(독일의 작곡가)

무지는 몰염치의 어머니이다. 무지는 고통 없는 사악이다. 지식인인 체하는 사람은 자기의 지능 이상으로 교육을 받은 사람이다. 무지의 비극은 무지의 만족이요, 무지와 독단은 한 몸이다. 자신의 무지를 모르는 것이 무지한 자의 병이다. 아는 것이 없는 자는 아무것도 의심하지 않는다. 빈 가방은 똑바로 설 수 없다. 아무것도 모르는 무지 속에 가장 달콤한 삶이 있다. 우리는 배울수록 더욱더 우리의 무지를 발견한다.

* 어설프게 아는 사실을 다 안다고 착각하는 것만큼 무지한 일은 없습니다.

February 007

교육은 보배

Failure is another stepping stone to greatness.

실패는 큰 성공을 위한 발판이다.

Oprah Gail Winfrey(미국의 여성 TV 사회자, 배우)

교육은 번영하는 정신에 더욱 빛을 더해주는 장식품이요, 역경에서는 몸을 의탁할 수 있는 보호처가 된다. 교육은 과정이다. 결코, 끝이 없는 과정이다. 교육의 목표는 지식의 증진과 진리의 씨 뿌리기이다. 교육은 인격의 형성을 목적으로 하여 무엇이든지 들을 수 있는 능력이다. 교육은 타고난 가치를 높이고, 올바른 수련은 마음을 굳게 한다. 스스로 충분히 현명해지는 사람은 아무도 없다. 교육은 정신의 힘을 배양한다.

* 배움을 통해 정신과 지력을 바로세우는 일, 이것이 인생의 올바른 목표입니다.

배움의 미래

This world is but a canvas to our imaginations.

이 세상은 상상력을 기리기 위한 캔버스에 불과하다.

Henry David Thoreau(미국의 작가, 시인, 사상가. 『월든』의 저자)

교육이 한 인간을 어떤 출발선상에 놓아두느냐에 따라 그 사람의 장래가 결정된다. 인생은 마시고 노는 것이 전부가 아니라는 점을 가르치는 것이 교육이다. 교육을 경멸하는 자는 무식한 사람들뿐이다. 교육의 중요성은 자유와 정의에 버금간다. 재능에 적절한 교육이 더해져야 영광과 덕성에 도달한다. 자녀를 정직할 수 있게 하는 것이 교육의 시작이다. 책망보다는 칭찬으로 자녀를 가르치라. 책망과 비난으로 점철한 교육은 아이의 기량을 깎아내린다.

* 좋은 교육은 옳은 방향을 가리키는 나침반 역할을 합니다.

February 009

나는 아직 배우고 있다

Find purpose, the means will follow.

목적을 발견하라, 수단은 뒤따라 올 것이다.

Mahatma Gandhi(인도의 변호사, 종교가, 정치 지도자)

사람으로서 지켜야 할 도리가 있으니, 배불리 먹고 따뜻하게 입고 편안히 산다고 할지라도 교육이 없으면 새나 짐승에 가깝다. 오늘 배우지 않아도 내일이 있다고 말하지 마라. 올해 배우지 않아도 내년이 있다고 이르지 마라. 사람이 아는 바는 모르는 것보다 아주 적으며, 사는 시간은 살지 않는 시간에 비교가 안 될 만큼 아주 짧다. 사람이 비록 배움에만 힘쓸 수 없다 할지라도 마음에 배움의 뜻을 잃지 말아야 한다. 학문하는 길에는 방법이 따로 없다. 모르는 것이 있으면 길을 가는 사람이라도 잡고 묻는 것이 옳다. 사람은 배우지 않으면 의를 알지 못한다.

* 배움의 길에는 끝도 없고 막다른 골목도 없습니다. 죽는 순간까지 배운다는 자세를 잃지 말아야 합니다.

가르치는 동안에 배운다

The ballot is stronger than the bullet.

투표는 총알보다 강하다.

Abraham Lincoln(미국의 16대 대통령)

나보다 먼저 나서 도 듣기를 나보다 먼저 했다면 나는 이를 스승으로 따르고, 나보다 뒤에 났더라도 도 듣기를 나보다 먼저 했다면 또한 스승으로 따른다. 스승은 영원히 영향을 준다. 스승은 자기의 영향이 미치지 않는 곳을 결코 말할 수 없다. 가르치기 좋아하는 자가 잘 배운다. 행할 수 있는 자는 행하고 행할 수 없는 자는 가르친다. 주는 자는 가르치고 받아들이는 자는 배운다.

* 좋은 선생은 자신이 배운 바를 잘 가르치고, 또 잘 가르치기 위해 끊임없이 배우는 사람입니다.

February 011

훌륭한 정신이 왕국을 소유한다

Earnest among the slothful, awake among the sleepy, the wise man advances even as a racehorse does, leaving behind the hack.

게으른 사람들 속에서 부지런하고, 잠든 사람 가운데서 깨어 있는 현자는 마치 나약한 말을 준마가 추월해 나가듯이 홀로 무리를 추월해 달린다.

Dhammapada(법구경)

지능이란 인공적인 것을 만드는 능력이며 사물을 있는 그대로 보는 데 신속한 것이다. 훌륭한 정신을 가진 것으로는 충분하지 않다. 중요한 것은 그것을 잘 사용하는 것이다. 하나의 훌륭한 머리가 백 개의 강한 손보다 낫다. 지능은 사고의 도움을 받아 세상을 조종하는 능력이다.

* 뛰어난 지능을 지니고 이를 잘 활용하는 사람이 세계를 구축합니다.

February 012

말 한마디가 세계를 지배한다

It always seems impossible until it's done.

어떤 일이든 성공할 때까지는 불가능해 보인다.

Nelson Mandela(남아프리카 최초의 흑인 대통령, 노벨 평화상 수상)

말은 사상의 옷이며 민족의 혈통이다. 생명의 영상이요, 마음의 초상이요, 마음의 지표이고 거울이다. 좋은 말은 사람을 신성하게 하고 나쁜 말은 사람을 죽인다. 짧은 말이 때로는 많은 지표를 내포하며 아름다운 꽃처럼 그 색깔을 지닌다. 모두가 이해하지 못하는 것은 좋은 말이 아니다. 사고 없이 말하는 것은 목표물 없이 총을 쏘는 것과 같다. 성공은 다음 세 가지 일에 달렸다. 누가 말하는가, 무엇을 말하는가, 어떻게 말하는가. 이 셋 중에서 무엇을 말하는가가 가장 중요하다.

* 말은 혀로 하는 게 아니라, 머리와 마음으로 하는 것입니다.

눈 속에 천국이 새겨져 있다

It's all about the journey, not the outcome.

모든 것은 과정이지 결과가 아니다.

Carl Lewis(미국의 육상 선수)

눈은 몸의 등불이며 위대한 침입자이고 하나의 언어를 가진다. 순결한 여인의 눈은 사랑의 건전한 별이다. 아름다운 눈은 침묵을 웅변으로 만들고, 친절한 눈은 반대 의견을 동의하게 하며, 분노에 찬 눈은 아름다움을 추하게 만든다. 눈이 보지 못하는 것은 마음이 슬퍼하지도 않고 원하지도 않는다. 푸른 눈은 진실한 눈이며 신비한 것은 검은 눈이니 그것은 태양의 섬광처럼 빛난다. 그러나 현명하다면 꿈꾸는 듯한 눈을 지닌 처녀를 조심해야 한다.

* 눈빛은 영혼의 모양새를 반영하는 창입니다.

February 014

위대한 정신

In the middle of difficulty lies opportunity.

역경 속에 기회가 있다.

Albert Einstein(이론 물리학자, 노벨 물리학상 수상)

정신은 언제나 우주의 지배자이며 물질을 결정하고 모든 일에서 탁월한 지렛대이다. 위대한 정신은 큰 행운을 불러온다. 비록 당신의 옷자락이 불에 탄다 하더라도 정신을 한 군데로 집중하라. 정신을 늦추는 것은 정신을 잃는 것이다. 사람의 입을 굴복시키기는 쉬워도 그의 마음을 굴복시키기는 어렵다. 정신이 눈을 지배하면 눈은 잘못된 길을 가지 않는다. 정신이 병들면 몸도 병든다. 정신이 없는 신체는 시장에 있는 행상과 같다.

* 마음은 정신을 지배하고 정신은 육체를 지배합니다.

February 015

마음이 기쁘면 얼굴빛이 아름다워진다

Simplicity is the ultimate sophistication.

심플함은 최고의 세련이다.

Leonardo da Vinci(이탈리아 르네상스기의 예술가)

인생의 커다란 기쁨은 사람들이 할 수 없다고 하는 일을 당신 자신이 해내는 것이다. 참된 기쁨이란 진지한 것이요, 아무리 적더라도 소득은 소득이다. 기쁨은 머물러 있지 않고 날개를 펼쳐 날아가 버린다. 기쁨이 날아갈 때 그것에 키스하는 사람은 영원한 해돋이에서 산다. 가장 큰 기쁨은 선행을 몰래 하고 그것이 우연히 드러나는 일이다. 늦게 오는 기쁨은 늦게 떠나고 큰 기쁨은 슬픔처럼 말이 없는 법이다.

* 기쁨은 우연히 찾아오는 것이지만, 이를 만끽하는 건 내 의지에 달린 일입니다.

February 016

진심으로 슬퍼하는 사람

Some people feel the rain. Others just get wet.

비를 느끼는 사람도 있고, 그저 젖을 뿐인 사람도 있다.

Bob Marley(자메이카 레게 뮤지션)

슬픔은 나태의 일종이며 불청객이고 가장 위대한 이상주의자이다. 가벼운 슬픔은 수다스럽지만 큰 슬픔은 벙어리다. 슬픔만큼 빠르게 불쾌감을 주는 것은 없다. 초기의 슬픔은 위로해주는 사람이 있지만 슬픔이 만성화되면 조소를 받는다. 분주한 벌은 슬퍼할 시간이 없다. 슬픔이 진리를 깨우쳐주듯 밤은 별을 가져다준다. 두고두고 오래 슬퍼하기보다는 조금 잃고 마는 편이 낫다. 죽은 자에 대한 슬픔만이 우리 인간에게서 떼어버릴 수 없는 유일한 슬픔이다.

* 슬픔이 찾아오면 마음껏 슬퍼하는 게 좋습니다. 하지만 그 슬픔에 매몰되지 않도록 해야 합니다.

만족할 줄 아는 사람

I do not seek, I find.

나는 찾아다니지 않는다. 발견할 뿐이다.

Pablo Picasso(스페인의 화가, 조각가)

인생에서 가장 소중한 것, 그것은 만족이다. 만족은 부, 마음의 풍요이다. 만족은 최선의 재산이며 선량한 사람의 미덕이다. 인생의 가치는 수명에 있는 것이 아니라 자신에게 주어진 시간을 어떻게 사용하느냐에 달려 있다. 절대적인 가치를 신망하는 사람은 자기가 좋아하는 일을 할 수 있다. 쾌락을 즐길 수 있는 사람은 만족할 수 있다. 만족은 행복이다. 비참하다고 생각하지 않는다면 아무것도 비참한 것은 없다. 반대로 어떠한 상태도 그것을 지니는 사람이 만족만 하면 그것이 바로 행복이다.

* 천금을 가지고도 불행한 사람이 있고, 누더기를 입고도 행복한 사람이 있습니다. 모든 것은 마음의 현상입니다.

웃는 사람과 우는 사람의 차이

Laugh, and the world laughs with you, weep, and you weep alone.

네가 웃으면 세계는 너와 함께 웃고, 네가 울면 너는 혼자서 울게 된다.

Ella Wheeler Wilcox(미국의 작가)

만족한 웃음은 집안의 햇빛이다. 현인은 적게 웃고 바보일수록 웃음이 헤프다. 하지만 승리하는 자가 웃는다. 현명하거든 웃으라. 울어보지 않은 젊은이는 야만인이며, 웃지 않으려는 늙은이는 바보이다. 웃음과 눈물은 똑같은 감각의 수레바퀴를 돌린다는 것을 뜻한다. 우는 자는 웃는 자보다 훨씬 빨리 원상복귀한다. 고통은 모든 생각보다 더 깊고 웃음은 모든 고통보다 더 높다.

* 웃음은 또 다른 웃을 일을 만들어줍니다.

February 019

용기는 내 운명

If you have faith, it will happen.

당신이 간절히 바란다면, 그것은 이루어질 수 있다.

Wilma Rudolph(소아마비를 이겨낸 미국의 육상선수)

행운의 여신은 대담한 자의 편을 든다. 행운의 신은 용감한 자에게만 호의를 보일 뿐 겁 많은 자의 편이 아니다. 불안을 참는 것은 쉬운 일이지만 그것을 끝까지 견디는 것은 어려운 일이다. 불운에 굴하지 말고 더욱 대담히 맞서 나아가라. 불행한 때 슬퍼한 적이 없고 운명을 통탄한 적이 없는 자는 스스로 위대함을 보여준 것이다. 만사는 사람이 기다릴 때만 온다. 요행이란 지각없는 말이다. 원인 없이 존재하는 것은 아무것도 없다. 내가 뜻하는 바가 곧 내 운명이 된다.

* 대범하게 역경을 극복하는 용기가 행운을 불러옵니다.

행복한 생활

There is more to life than increasing its speed.

속도를 높이는 것만이 인생은 아니다.

Mahatma Gandhi(인도의 변호사, 종교가, 정치 지도자)

행복이란 타인을 행복하게 해주려는 노력의 부산물이다. 인간의 마음가짐이 곧 행복이다. 인생 최고의 행복은 우리가 사랑받고 있다는 확신이다. 인간의 행복은 생활에 있고, 생활은 노동에 있다. 행복을 이야기하라. 세상은 너의 슬픔이 없어도 슬프다. 정말 행복한 사람이라고 부를 수 있는 사람은, 부자가 아니라 신들이 주는 축복을 지혜롭게 이용할 줄 알고, 극심한 빈곤을 인내할 줄 아는 자이며, 죽음보다도 비천한 불명예를 무서워할 줄 아는 자이다.

* 행복은 바깥에서 찾는 것이 아니라, 내 내면에서 찾는 것입니다.

February 021

명예는 미덕의 보상이다

I walk slowly, but I never walk backward.

내 걸음은 느리지만 결코 걸어온 길을 되돌리지는 않는다.

Abraham Lincoln(미국의 16대 대통령)

명예란 엄청난 선행을 추구하는 젊은 혈기의 갈망에 불과하다. 명성은 획득되어야 하며 명예는 잃어서는 안 되는 유일한 것이다. 당신에게 명예가 오면 기꺼이 받으라. 그러나 가까이 있기 전에는 붙잡으려고 손을 내밀지 마라. 적합한 것은 명예롭고 명예로운 것은 적절하다. 부끄러운 재산보다 명예가 낫다. 자랑스럽게 사는 것이 그 이상 가능하지 않을 때 사람은 자랑스럽게 죽어야 한다. 자신이 더는 명예롭게 살 수 없을 때 명예롭게 죽도록 하라.

* 명예는 좇아서 얻을 수 있는 것이 아닙니다. 나 자신이 명예롭게 살고자 노력할 때 저절로 붙게 되는 훈장입니다.

February 022

명성

A good reputation is more valuabe than money.

훌륭한 명성은 돈보다 훨씬 값진 것이다.

Publilius Syrus(시리아 출신의 로마 작가)

명성은 숨겨진 생명을 가진 나무처럼 자란다. 명성은 강물과 같아서 가볍고 속이 빈 것은 뜨게 하며 무겁고 실한 것은 가라앉힌다. 나의 마음에서 숭앙받고자 하는 고약한 욕망을 몰아내라. 결백하게 살라. 아니면 이름 없이 죽든가. 거짓된 명성을 얻느니 아무것도 얻지 않는 게 낫다. 삶을 보존하려는 이는 욕심을 적게 하고, 몸을 보호하려는 이는 명예를 피해야 한다. 욕심을 없애기는 쉬우나 명예를 없애기는 어렵다.

* 명성을 얻고자 하는 욕심에 눈이 어두워 나 자신의 진실을 배반하는 일은 없어야 합니다.

February 023

영광

It is not length of life, but depth of life.

중요한 것은 인생의 길이가 아니라 인생의 깊이다.

Ralph Waldo Emerson(미국 사상가)

지나친 영광에는 위험이 따르고 하늘이 내리는 벼락에 맞는 것은 높은 봉우리이다. 착한 사람들의 영광은 그들의 양심 속에 있지 입 속에 있는 것이 아니다. 강물이 대양으로 흘러가는 동안, 그늘이 산골짜기에서 움직이는 동안, 하늘이 별에 먹이를 주는 동안 언제나 당신의 명예, 당신의 이름, 당신의 영광은 남을 것이다. 인간적 영광의 헛된 추구는 열매를 맺지 아니하며 이른 죽음만을 가져온다고 당신은 고백하게 될 것이다.

* 다른 사람의 평판에 현혹되거나 이끌리는 것은 진정한 명예와 멀어지는 길입니다.

February 024

야망

Without haste, but without rest.

서두르지 마라, 그러나 쉬지 마라.

Johann Wolfgang von Goethe(독일의 시인, 소설가, 극작가)

야망은 우리를 괴롭히는 실망은 가지고 있으나 우리를 만족하게 할 행운은 결코 가지고 있지 않다. 날뛰는 야심은 도를 지나치면 저편에 나가떨어지고 만다. 교묘한 말은 덕을 해치고, 작은 것을 참지 못하면 큰 계획을 그르친다. 권력에 대한 갈망은 모든 야망 중에서도 가장 흉악한 야망이다. 뜻을 세우는 데는 크고 높게 하라. 작고 낮으면 소성에 만족하여 성취하기 힘들다. 천하의 첫째가는 사람이 되고자 평생을 두고 뜻을 세우라.

* 최고가 되고자 하는 열정은 야망이 아닌 노력으로 채워져야 합니다.

February 025

욕망과 평화

The creation of a thousand forests is in one acorn.

한 알의 씨앗은 수많은 숲을 만들어 낸다.

Ralph Waldo Emerson(미국 사상가)

마음이 배와 같다면 공경함은 키와 같다. 배가 파도를 헤치고 나아갈 때는 키로서 운전하듯이, 마음이 물욕을 헤치고 나아갈 때는 공경함으로써 운전해간다. 바다는 바람이 자면 조용하다. 그와 같이 열망이 더 없으면 우리도 평온하다. 인생에는 두 가지 비극이 있다. 하나는 자기 마음의 욕망대로 하지 못하는 것이요, 또 하나는 그것을 하는 것이다. 어리석은 자는 탐욕으로 몸을 묶어 피안의 세계를 바라볼 줄 모른다. 이 탐욕을 버리지 않으면 남을 해칠 뿐 아니라 자신도 망한다.

* 물욕으로 번뇌를 얻고 평화를 잃는 것은 어리석은 일입니다.

February 026

재산의 수준

No one has ever become poor by giving.

나눔으로써 가난해진 사람은 한 명도 없다.

Anne Frank(『안네의 일기』 저자, 유대계 독일인 소녀)

큰 집 천 칸이 있다 해도 밤에 눕는 곳은 여덟 자뿐이요, 좋은 논밭이 만 경이나 되어도 하루 먹는 것은 두 되뿐이다. 진정한 도리를 지키면 마음이 만족하고, 물욕을 좇으면 마음도 변한다. 남의 부유함을 부러워하지 않고 나의 가난을 한탄하지 않으며 오직 삼가야 할 것은 탐욕, 두려워할 것은 교만이다. 무릇 사람이란 여유가 있으면 남에게 양보하고 부족하면 서로 다투게 마련이다. 양보하는 곳에 예의가 이루어지고 다투는 곳에 폭란이 일게 마련이다. 문을 두드리고 물을 청하면 주지 않는 사람이 없는 것은 물이 많은 까닭이다. 물질이 풍부하면 욕심도 가라앉고 욕구를 충족시키면 다투는 일도 없게 된다.

* 가진 자는 나누고 못 가진 자는 시샘하지 않는 것, 그것이 평화로운 세상으로 가는 지름길입니다.

February 027

욕심

The future starts today, not tomorrow.

미래는 오늘 시작되는 것이지 내일 시작되는 것이 아니다.

Ioannes Paulus 2(폴란드 출신의 264대 로마 교황)

짐승을 잡고자 뒤쫓는 자는 태산도 보지 못한다. 욕심이 밖으로 돋아나오면 총명한 슬기가 가려져 어둡게 된다. 허술한 지붕은 비가 오면 새듯이 닦이지 않은 마음에는 탐욕이 스며든다. 사람들은 재물을 탐내기에 마음을 쏟고, 권력을 탐내기에 힘을 겨룬다. 마음이 편하면 향락에 빠지고, 몸이 기름지면 주먹을 휘두르나니, 이것이 큰 병이다. 명예를 탐내고 이익을 욕심내어 허덕이던 자, 그 마음 채우지 못하고 헛되이 늙는다. 달성된 욕망은 욕망이 아니라 불에 타고 남은 재와 같을 뿐이다.

* 헛된 욕심에 눈이 멀어 자기 인생을 바라보지 못하는 삶을 살아선 안 됩니다.

February 028

정열로 행동할 때

Never, never, never, never give up.

절대, 절대, 절대, 포기하지 마라.

Winston Churchill(영국의 정치가, 노벨 문학상 수상)

우리는 이 세상의 어떤 위대한 일도 정열 없이는 성취되지 않았다는 사실을 절대적으로 확신해도 된다. 정열이 앞문으로 들어오면 지혜는 뒷문으로 나간다. 정열을 힘이요, 자연스럽게 조절하면 구현된다. 불멸한 정열의 자연적 필요를 억압하는 것은 인간에게 어려운 일이다. 위대한 정열은 불치병이다. 우리는 느끼기 전에 정열을 실행해야 한다. 폭군의 노예보다 자기 정열의 노예가 되는 것이 더 모진 운명이다.

* 정열을 자기 목표의 땔감으로 활용해야지, 그 불길에 휩싸여선 안 됩니다.

February 029

생활을 위한 재산

It's never too late to be who you might have been.

자신이 바라는 자신이 되기 위해 늦은 때란 결코 없다.

George Eliot(영국의 여성 작가)

최고의 선은 물과 같다. 물은 만물에 혜택을 주지만 남과 다투는 일이 없어서 모든 사람이 싫어하는 낮은 곳에 즐겨 있다. 그러므로 도에 가깝다 할 수 있다. 사는 데는 땅이 좋고, 마음은 깊은 것이 좋고, 사귀는 데는 안이 좋고, 말은 신의 있는 것이 좋고, 정치는 다스려져야 좋고, 일 처리는 능숙한 것이 좋고, 행동은 시기에 맞는 것이 좋지만, 물처럼 겸허해서 다투지 않을 때 비로소 허물이 없을 수 있다. 착한 마음씨는 이 세상의 모든 두뇌보다 낫다. 선은 특수한 종류의 진리이고 미이다. 선은 인간 행위에서 진리이며 미이다.

* 선한 마음은 다른 모든 장점을 능가하는 가장 훌륭한 미덕입니다.

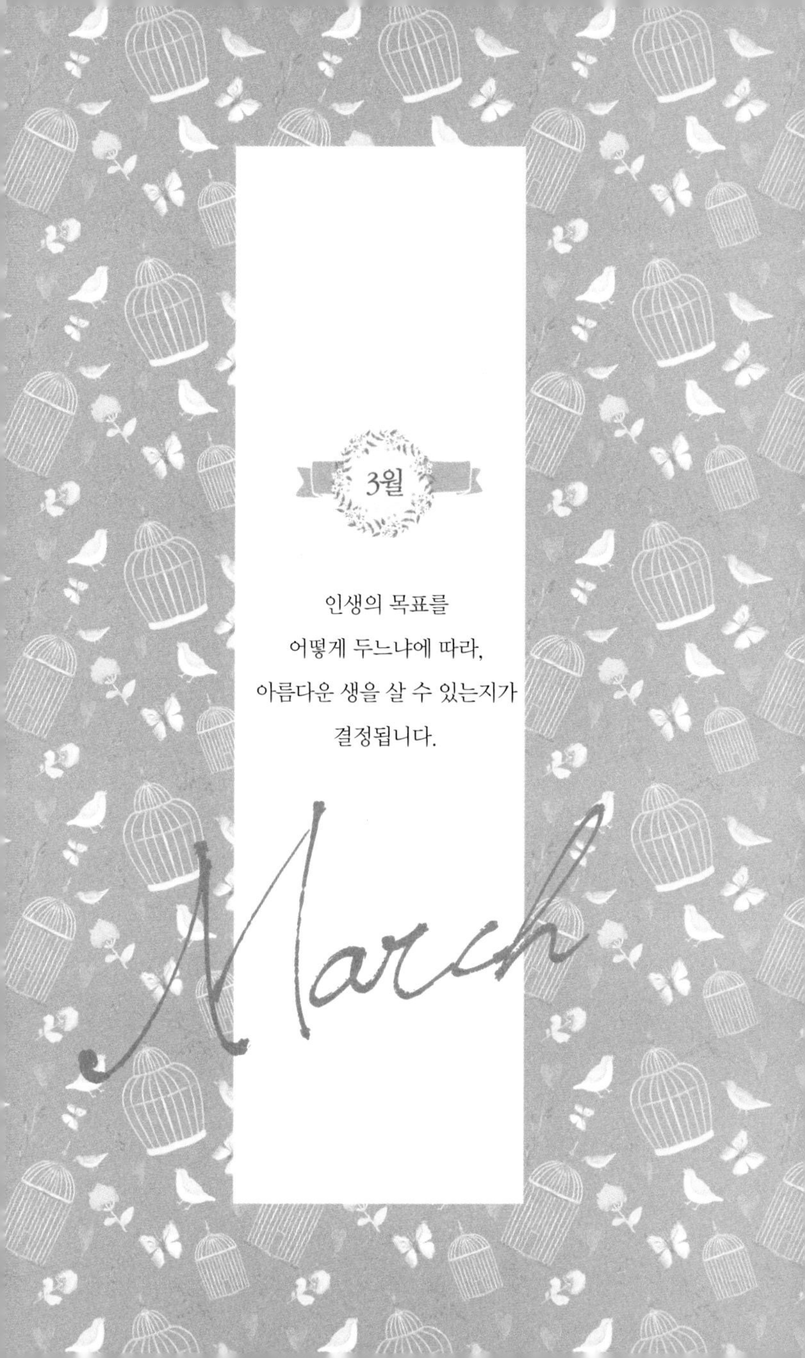
3월
인생의 목표를
어떻게 두느냐에 따라,
아름다운 생을 살 수 있는지가
결정됩니다.
March

March 001

선행

Things do not change; we change.

사물이 변하는 것이 아니라 우리의 생각이 변하는 것이다.

Henry David Thoreau(미국의 작가, 시인, 사상가. 「월든」의 저자)

한평생 착한 일을 하여도 그 착함은 오히려 모자라고 하루 악한 일을 할지라도 그 악함은 스스로 많다. 모든 사람은 자기 능력의 범위 내에서 모든 선행을 할 책임이 있으며 그 책임으로 충분하다. 하루 착한 일을 행하면 복은 비록 곧 나타나지 아니하나 화는 스스로 멀어질 것이요, 하루 악한 일을 행하면 화는 비록 곧 나타나지 아니하나 복이 스스로 멀어지리라. 착한 일을 행하는 사람은 봄 동산의 풀과 같아서 그 자라나는 것은 보이지 않으나 날마다 더하는 바가 있고, 악한 일을 하는 사람은 칼을 가는 숫돌과 같아서 닳아 없어지는 것은 보이지 않으나 날이 갈수록 닳아 없어지는 것과 같다.

* 선행은 서서히 우리 삶을 살찌우고 악행은 서서히 우리 삶을 좀먹습니다.

March 002

착한 일, 악한 일

The only way to have a friend is to be one.

친구를 얻는 유일한 방법은 자신이 그 사람의 친구가 되는 것이다.

Ralph Waldo Emerson(미국 사상가)

내가 생각하는 바 선한 인생이란 행복한 인생이다. 당신이 선하다면 행복할 것이라는 뜻이 아니다. 행복하다면 선할 것이라는 뜻이다. 착한 것을 보거든 목마를 때 물을 본 듯이 하고, 악한 것을 듣거든 귀머거리같이 하라. 그리고 착한 일에는 모름지기 탐을 내고 악한 일에는 모름지기 즐겨하지 마라. 착한 것을 말하고 착한 것을 행하며 착한 것을 생각하라. 이처럼 하고서 군자가 되지 못한 사람은 아직 없었다. 할 수 있는 모든 선을 행하라. 선행을 옳은 방법으로 해야 한다.

* 선행을 하는 것은 내 영혼의 창고에 재물을 쌓는 일입니다.

March 003

착한 마음, 악한 마음

There are no facts, only interpretations.

사실이란 것은 존재하지 않는다. 존재하는 것은 해석뿐이다.

Friedrich Nietzsche(독일의 시인, 철학자)

착한 자는 착한 행동을 하고도 떠들지 않고 철이 오면 다시 포도를 맺는 포도나무와 같이 남에게 그 결과물을 순하게 넘겨준다. 선인은 타인도 착하게 만든다. 모든 선한 자가 다 영리하고 모든 영리한 자가 다 선하면 이 세상은 우리가 할 수 있는 한 생각하는 것보다 더 아름다울 것이련만. 그러나 그런 경우는 거의 없다. 선한 자는 영리한 자에게 거슬리는 존재이고, 영리한 자는 선한 자에게 무례하다. 선량한 사람치고 벼락부자가 된 사람은 없다. 영리하면서 선하지 않은 사람이 부자가 되곤 한다.

* 선한 사람은 베풀기를 좋아하고 악한 사람은 빼앗기를 좋아합니다.

March 004

선과 악의 차이

A lie cannot live.

거짓은 영원할 수 없다.

Martin Luther King, Jr(미국의 흑인 운동 지도자, 목사)

모든 사람에게는 어느 때건 두 개의 동시성의 가정이 있다. 하나는 신에게로 향하는 것이요, 다른 것은 악마에게 향하는 것이다. 착한 것이라면 작다 해서 아니하지 말고, 악한 것이면 작더라도 하지 마라. 악은 즐거움 속에서 고통을 주지만, 덕은 고통 속에서도 우리를 위로해준다. 미덕과 악덕 사이에는 절대 한순간의 휴전도 없다. 선은 결코 실패하지 않는 유일한 투자이다. 선은 하나만 있으니 이는 지식이요, 악은 하나만 있으니 이는 무지다.

* 사소하게 요구되는 선과 악의 선택의 기로에서 어느 쪽을 택하느냐에 따라, 나 자신이 악인인지 선인인지가 결정됩니다.

March 005

덕의 향기

Trifles make perfection, but perfection is no trifle.

사소한 것이 완벽을 만든다. 그러나 완벽함은 사소한 것이 아니다.

Michelangelo(이탈리아 르네상스 시대의 예술가)

나의 덕이 이미 맑게 닦여 있으면 마음에 거울이 있음과 같아서 모든 사물이 다 비친다. 성실과 신의를 중히 여기며 정의를 따름이 덕을 높이는 일이다. 미는 육체의 덕이요, 덕은 영혼의 미이다. 청렴결백하면서 너그럽고, 어질면서 결단을 잘하고, 총명하면서 지나치게 살피지 않고, 강직하면서 너무 바른 것에 치우침이 없으면 이는 꿀을 발라도 달지 않고 바다 물건이라도 짜지 않음과 같으니, 이것이 곧 아름다운 덕이다. 덕의 향기는 바람을 거슬러 퍼진다. 착한 이의 높은 향기는 이르지 않는 곳이 없다.

* 화장을 해서 얼굴을 꾸미거나 가릴 순 있어도 마음의 덕은 꾸며서 채울 수 없고, 우러나오는 덕을 감출 수도 없습니다.

March 006

덕행은 곧 행복이요

It requires more courage to suffer than to die.

죽는 것보다 고통스러운 것이 더 용기가 필요하다.

Napoleon Bonaparte(프랑스 황제, 정치가, 군인)

모든 사람이 고결의 옷을 입었다면 모든 마음이 의롭고, 솔직하고 친절하다면 그 외의 덕은 거의 쓸데없을 것이다. 그 외 덕의 주목적은 우리 동료들의 불의를 우리가 참을성을 갖고 견딜 수 있게 해주는 것이기 때문이다. 행복은 덕행의 보수일 수 없다. 행복은 덕행을 이해할 수 있는 결과여야 한다. 덕성은 자신을 스스로 사랑한다. 자기 자신을 가장 잘 알며 자기가 얼마나 사랑스러운가를 가장 잘 인식하고 있기 때문이다. 덕은 재주의 주인이요, 재주는 덕의 종이다.

* 행복하고자 덕을 쌓는 것이 아니라, 덕행 그 자체가 행복입니다.

March 007

덕망

Luck is a matter of preparation meeting opportunity.

준비가 된 사람에게 기회가 찾아오는 것을 행운이라 부른다.

Oprah Gail Winfrey(미국의 여성 TV 사회자, 배우)

위대한 덕은 반드시 그 지위를 얻고 반드시 그 녹을 받으며 반드시 그 명예를 얻고 반드시 그 수명을 얻느니라. 덕만 있으면 사람은 저절로 찾아오게 마련이다. 그러므로 오직 덕 없음이 걱정이지 어찌 사람 없음을 걱정하랴. 덕망이 높은 사람은 외롭지 않다. 반드시 그를 따르는 벗이 있게 마련이다. 명석한 지혜를 지니고도 어리석음의 덕을 지켜간다면 천하의 모범이 될 것이다. 천하의 모범이 되면 영험한 덕으로 어긋남이 없어지고 결국은 끝없는 자연의 도에 복귀할 것이다.

*높은 학식과 지능을 지니고도 어린아이와 같은 천진함을 잃지 않는 사람은 모든 이의 존경과 사랑을 받습니다.

March 008

참된 인생

A cage went in search of a bird.

새장이 새를 찾아 나섰다.

Franz Kafka(체코 출신의 소설가. 「변신」의 저자)

인생은 헤어지는 것이요 만나는 것이 아니다. 쓸쓸한 나그넷길의 우애요, 지나치며 인사하는 것도 한 시간일 뿐 잠깐의 우정에 지나지 않는다. 서로 다른 소리로 아름다운 음악이 이루어지는 것처럼 우리 인생에도 수레바퀴 중에 각기 다른 등급이 조화를 이룬다. 인생과 사랑은 모두가 꿈이다. 우리는 깨면서 자고 자면서 깬다. 어떠한 가치 있는 인간의 일생도 하나의 계속된 우화이다. 인생은 피로해지는 긴 과정이다.

* 고되고 외로운 숲길을 소풍 나선 아이의 마음으로 걷는 것이 참된 인생이다.

March 009

인생의 척도는 정도이다

The less men think, the more they talk.

인간은 생각하는 것이 적을수록 말이 많아진다.

Montesquieu(프랑스의 사상가)

아무리 이기적이고 아무리 어리석다 하더라도 모든 인생은 결국 비극이다. 인생은 죽음으로 끝나기 때문이다. 인생은 사막이요 고독이다. 죽음은 우리를 큰 다수에 합쳐준다. 인생은 걸어 다니는 그림자에 불과하다. 무대 위에서 자기 역할을 충실히 하고 퇴장하고 마는 가련한 배우처럼 임종 시간만을 기다리는 삶을 살진 말자. 인생은 진실하다. 인생은 엄숙하다. 그리고 무덤은 인생의 목표가 아니다.

* 태어나는 순간부터 죽음을 향해 가는 것이 우리 삶의 실재입니다.

March 010

인생의 목표

The beginnings of all things are small.

시작은 그 어떤 것이라도 작다.

Marcus Tullius Cicero(로마의 정치가 문필가, 철학자)

인생은 그 자체가 목적이다. 그리고 살 가치가 있는가에 관련된 유일한 문제는 각자가 이에 대해 생각하고 있는지에 달려 있다. 행복하기 위해, 다시 또 행복하기 위해 가능한 한 완전하게 사는 것은 인생의 참다운 목적이요 목표이다. 인생에는 목적하는 것이 두 가지 있다. 첫째는 자기가 바라는 것을 얻는 것, 그다음은 그것을 즐기는 것, 인류 중에 가장 현명한 자만이 두 번째 것을 성취한다.

*인생의 목표를 어떻게 두느냐에 따라, 아름다운 생을 살 수 있는지가 결정됩니다.

March 011

불운에 굴하지 말자

Knowledge is power.

아는 것이 힘이다.

Francis Bacon(영국의 철학자, 신학자, 법학자)

불운은 결코 홀로 오지 않는다. 날아와서는 걸어서 떠난다. 불안 속에서 용감해지는 것은 성인으로서의 가치가 있는 것이며 불운 속에서 현명해지는 것은 운명을 정복하는 것이다. 불행한 때 슬퍼한 적이 없고 운명을 통탄한 적이 없는 자는 스스로 위대함을 보여준 것이다. 행운은 하찮은 마음의 소유자까지도 높여주어 높은 자리에서 세상을 내려다볼 때 어느 정도 위대하고 위엄 있는 용모를 갖추게 할 것이다. 불운을 참지 못하는 자는 진실로 불행하다.

*불운을 불행으로 받아들이지 않는 사람만이 위인이 됩니다.

March 012

생명보다 훨씬 큰 가치

Truth is on the side of the oppressed.

진실은 억압받는 쪽에 있다.

Malcolm X(미국의 흑인 시민권 운동가)

자기 자신의 존경을 얻을 수 있는 인생이 가장 행복하다. 악한 것보다는 선한 것이 더 현명하고, 사나운 것보다는 유순한 것이 더 완전하며, 미친 것보다는 제정신인 것이 더 온당하다. 이것저것 따지지 말고 자신의 목적이 달성될 때까지 우직하게 힘써라. 모든 돌봐주어야 할 이웃을 돕고, 아무에게도 도움을 받으려 하지 마라. 인생은 대부분이 거품이요 시시한 것이다. 타인의 수고에 감사, 자신의 용기, 이 둘만이 돌처럼 버티는 힘이 된다. 생명은 둘도 없는 귀중한 것인데도 우리는 언제나 다른 어떤 것이 생명보다 훨씬 더 큰 가치를 가지고 있는 듯이 행동한다.

* 生은 命입니다.

남을 위해 살기보다는 자신에게 주어진 생명에 충실하도록 애써야 합니다.

March 013

사는 것은 생각하는 것이다

Our deeds determine us as much as we determine our deeds.

우리가 행동을 결정하는 것처럼 행동도 우리의 인간성을 결정한다.

George Eliot(영국의 여류 작가)

나의 생활과 행동도 신조는 간단하다. 부지런히 일하라. 허용되는 한 맘껏 놀아라, 남의 의견이 좋든 나쁘든 간에 다 무시하라. 친구에게는 절대로 더러운 속임수를 쓰지 마라. 사는 것은 사랑하는 것과 같다. 모든 이성은 그것에 반하며 모든 건강한 본능은 그것을 위한다. 생명은 죽음의 그림자에 불과하고 떨어져 나간 영혼은 삶의 그림자에 불과하다. 모든 것이 이름 아래 떨어진다. 태양은 신의 어두운 환영에 불과하며 빛은 신의 그림자에 지나지 않는다.

* 삶 자체는 별 것 아닐 수 있습니다. 내 삶이니까 중요한 것입니다.

March 014

정당하게 사는 자에게는

To live without Hope is to Cease to live.

희망이 없이 사는 것은 죽는 것과 같다.

Fyodor Mikhailovich Dostoevskii(러시아의 소설가, 사상가)

자기가 행복한 일생을 살았다고 말할 수 있는 사람이나, 만족한 손님처럼 자기의 일생에 만족하고 이 세상을 하직할 수 있는 사람을 발견하기는 힘들다. 만일 우리가 여기서 승리한다면 어느 곳에서든 승리할 것이다. 이 세상은 멋진 곳이며 싸워볼 만한 가치가 있기에 나는 세상에서 떠나기가 싫다. 현명하고 선하고 공정하게 살지 않고서는 즐겁게 사는 것이 불가능하며, 또 즐겁게 살지 않고서는 현명하고 선하고 정직하게 사는 것이 불가능하다. 남의 눈에 띄지 않게 산 자가 훌륭히 살아온 자이다.

*삶 자체는 겨뤄 이겨볼 만한 싸움의 연속입니다.

March 015

나이를 먹으려고 하는 사람은 없다

Man is what he believes.

스스로 그렇다고 믿는 것, 그것이 바로 자신이다.

Anton Pavlovich Chekhov(러시아의 극작가, 소설가)

세월은 유수 같아 청춘은 곧 사라지고 아무것도 전혀 기다리지 않는다. 인생은 충실한 것 같으나 영원하지 않고 조수처럼 흐른다. 내일이 오면 어제의 내일은 이미 지나가 버렸을 것이고 다른 내일이 잡힐 듯한 곳에서 우리는 나이를 먹고 있을 것이다. 조용하고 행복한 본성을 가진 사람은 여간해서는 나이의 압력을 느끼는 일이 드물다. 그러나 반대되는 성격을 소유한 사람에게는 청년기나 노년기가 똑같이 부담이 된다.

* 현재에 충실한 사람은 나이 들어가는 자신도 사랑합니다.

March 016

늙어 죽음을 위하여 저축한다

Money: There's nothing in the world so demoralizing as money.

돈, 세상에서 돈보다 더 사람의 사기를 꺾는 것은 없다.

Sophocles(고대 그리스 3대 비극 시인)

청년은 소득의 시절이고 중년은 향상의 시절이며 노년은 소비의 시절이다. 방심한 청춘에는 대개 무지한 중년 시절이 뒤따르고 이 두 시절을 껍데기뿐인 노후가 뒤따른다. 허영심과 거짓말밖에 먹고살 것이 없는 자는 슬픔의 밑바닥에 누워 있을 수밖에 없다. 젊은이는 희망에 살고 노인은 추억에 산다. 온 세상은 어리석음의 덩어리이다. 청춘은 들뜨고 노후는 우울하며, 청춘은 낭비하고 노후는 절약하며, 20대에는 광폭하고 50대에는 냉철하다. 인간은 어리석은 노예이다.

* 언젠가는 늙는다는 사실을 정확히 인지하고 사는 자가 정당한 젊음, 아름다운 노후를 만날 수 있습니다.

March 017

어린이가 없는 곳에 천국은 없다

All of us are products of our childhood.

우리는 모두 유소년기의 산물이다.

Michael Jackson(미국의 싱어 송 라이터)

어린이는 마음의 우상이요 가정의 우상이며 모습을 바꾼 하늘의 천사이다. 햇빛은 어린이 머리에서 아직 잠들고 두 눈동자에는 찬란한 영광이 비친다. 월요일의 어린이는 얼굴이 곱고, 화요일의 어린이는 우아하고, 수요일의 어린이는 슬픔이 가득하고, 목요일의 어린이는 갈 길이 멀고, 금요일의 어린이는 사랑을 주고받고, 토요일의 어린이는 살기 위해 부지런히 일하고, 안식일에 태어난 어린이는 아름답고 슬기롭고 착하고 명랑하다.

*나이가 들면서도 어린이의 성품을 잃지 않은 자가 아름다운 생을 살아냅니다.

March 018

어린 시절은 성인을 알려준다

He not busy being born is busy dying.

매일 변신하는데 바쁘지 않은 사람은 매일 죽기 위해 바쁘다.

Bob Dylan(미국의 뮤지션)

어린이는 지나간 과거도 다가오는 미래도 생각하지 않고 현재만 즐긴다. 우리에게 가장 중요한 것은 어렸던 시절이다. 주위 환경에 친밀했던 유년기의 작은 세계는 더 큰 세계의 모델이다. 그 친밀성이 아동에게 강한 인상을 남길수록 성인 생활의 더 큰 세계에서는 그 옛날의 장난감 같은 세계가 더욱 다정하게 느껴지게 된다. 아이를 보살피는 부모가 성실하여 죽음을 두려워하지 않으면 아이도 건강한 정신으로 인생을 두려워하지 않을 것이다.

* 어린 시절의 삶에 대한 인상이 전 생애를 좌우합니다.

March 019

청춘은 일생에 한 번밖에 오지 않는다

Keep hope alive!

희망을 계속 살려라!

Jesse Louis Jackson, Sr(미국의 시민권 활동가, 목사)

소년은 쉬 늙고 배움을 이루기는 어려우니 한 치의 세월도 가벼이 알아서는 안 된다. 청년들이여, 그대들은 언젠가는 늙는다. 우리는 시작에서 끝을 알 수 있을 것이다. 젊은이에게 충고할 세 단어는 일하라, 일하라, 일하라이다. 젊은이들은 늙은이들보다 더 많은 덕성을 가지고 있다. 그들은 모든 점에서 더 풍부한 정서를 가지고 있을 것이다. 청춘은 다시 돌아오지 않으며 새벽은 하루에 한 번뿐이다. 좋은 때 부지런히 힘쓸 일이다.

* 지금 이 순간을 놓치는 건, 인생의 모든 순간을 놓치는 일입니다.

March 020

노인만큼 인생을 사랑하는 사람은 없다

Honesty is always the best policy.

정직은 항상 최상의 정책이다.

George Washington(미국의 군인, 정치가, 미국 초대 대통령)

청춘이 지나가면 추억밖에는 잃어버릴 것도 없다. 후회 없이 과거를 회상하며, 불안감 없이 미래를 내다보면서 안식할 수 있는 어둠을 기다리는 것, 그것을 인생이라 부른다. 오랜 나무를 땔감으로 쓰고, 오랜 포도주를 마시고, 오랜 친구를 신용하고, 오랜 작가의 책을 읽어라. 노인을 활용할 줄 알면 즐거움이 가득하다. 백발은 영화의 면류관이니 의로운 길에서 얻으리라. 노년은 특히 명예의 관을 쓰고 있을 때 청춘의 모든 감각적 쾌락보다 더 가치 있는 권위를 즐긴다.

* 덕 있는 어른이 되려면 어떻게 늙어갈지를 늘 생각해야 합니다.

약한 사람이 운명을 탓한다

Quality questions create a quality life.

질이 높은 질문이 질이 높은 인생을 만든다.

Anthony Robbins(미국의 자기계발 작가, 코치, 강연가)

인간의 운명 반은 자기 자신 안에, 나머지 반은 밖에 놓여 있다. 한쪽 반의 소비에서 다른 한쪽 반이 발전한다는 것은 문자 그대로 미친 짓이다. 모든 인간은 자기 운명의 개척자이고 제작자이므로 운명에 굴복하는 얼빠진 짓을 해선 안 된다. 용감한 자는 그의 운명을 돌려놓으며 모든 사람은 자기 업적의 아들이다. 운명은 뜻이 있는 자를 안내하고 뜻이 없는 자를 질질 끌고 다닌다. 너의 몫(운명)을 즐기라.

* 운명에 끌려 다닐 것이 아니라, 운명을 자기 손에 거머쥘 줄 알아야 합니다.

March 022

행운의 여신

Our riches, being in our brains.

우리의 재산, 그것은 우리 머릿속에 있다.

Wolfgang Amadeus Mozart(오스트리아의 작곡가, 연주가)

행운의 여신이 호의를 보여줄 때라야 명망이 그녀를 동행인으로 데려온다. 행운의 여신은 바보를 특별히 돌보며 은총을 베푼다. 행운의 여신이 호의를 보일 때 우물쭈물하지 말고 그녀를 힘껏 껴안아라. 인간에게 행운과 훌륭한 지각이 한꺼번에 오는 경우는 드물다. 행운의 날은 추수하는 날과 같다. 곡식이 익으면 우리는 꼭 바쁘게 된다. 사람이 죽을 때까진 행복한 사람이라고 부르지 말고 다만 운이 좋았다고 하라.

* 행운은 선량하고 담대한 마음에 대한 보상입니다.

March 023

인생을 두려워하지 마라

Doubt is the origin of wisdom.

의심은 지혜의 시작이다.

Rene Descartes(프랑스의 철학자, 수학자)

인생을 두려워하지 마라. 인생은 살 가치가 있다고 믿으라. 그러한 그대의 믿음은 그 사실을 창조하는 데 도움을 줄 것이다. 인생에는 독특한 리듬이 있다. 인생의 음악은 각자가 작곡해나가지 않으면 안 된다. 사람에 따라서는 불협화음이 점점 퍼져서 나중에는 멜로디의 주조를 압도하거나 말살해버리는 수가 있다. 또 때로는 불협화음이 너무 강해서 멜로디가 중단되어 권총 자살도 하고 강물에 뛰어들기도 한다. 이러한 인생은 별도로 치고 정상적인 인생은 엄숙한 행진이나 행렬처럼 끝까지 지속하는 법이다. 그러나 잡음이나 단음이 지나치게 많은 경우가 있다. 그럴 때에는 속도가 잘못된 것이므로 불결하게 들린다. 아침에는 일하고 낮에는 충고하고 저녁에는 기도하라.

* 내 인생의 마에스트로는 나입니다. 내가 어떻게 지휘하느냐에 따라 내 삶은 잡음이 되기도 아름다운 오케스트라 연주가 되기도 합니다.

March 024

놓치기 쉬운 것은 기회이다

The man who dies rich dies disgraced.

부자로 죽는 것은 불명예스러운 죽음이다.

Andrew Carnegie(스코틀랜드 출신의 미국 실업가, 철강왕)

누구나 예리한 눈으로 중요한 기회를 노려야 한다는 것은 명료한 진리이다. 덧없는 기회를 이용하려면 몸이 재빨리 따라야 할 뿐만 아니라 마음에도 빈틈이 없어야 한다. 쇠가 달구어져 있는 동안에 두드려야만 연장을 만들 수 있다. 현명한 사람은 기회를 행운으로 바꾼다. 근본을 버리고 끝머리를 다스려서는 안 된다. 칼을 잡거든 반드시 갈아라. 칼을 잡고도 갈지 않으면 이로운 시기를 잃는다. 도끼를 잡고도 베지 않으면 장차 적이 올 것이다. 좋은 시기에 달아나는 자는 다시 싸울 수 있다.

* 기회는 누구에게나 오지만 이를 내 것으로 만드는 것은 현명한 눈과 재빠른 몸을 지닌 사람뿐입니다.

March 025

산 자에게는 희망이 있다

Who reflects too much will accomplish little.

지나치게 생각이 많은 사람은 아무것도 이룰 수 없다.

Friedrich von Schiller(독일의 시인, 역사학자, 극작가, 사상가)

생명이 있는 한 희망이 있다. 인생의 희망은 태양과 더불어 돌아온다. 우리는 모두 누군가를 기쁘게 한다는 희망 위에서 산다. 희망은 믿음의 어버이며 가난한 자의 빵이며 대다수를 먹여 살리는 것이다. 고귀한 정열을 지탱하는 것은 희망이요, 시를 짓는 영감을 주는 것도 희망이다. 희망이란 가냘픈 풀잎에 맺힌 아침이슬이거나 좁디좁은 위태로운 길목에서 빛나는 거미줄이다. 희망은 질병, 재앙, 죄악을 고치는 특효약이다.

* 희망은 언제나 그 자리에 있습니다.

March 026

노력으로 성취하며 오만으로 망친다

Hell is other people.

지옥은 남의 이야기다.

Jean-Paul Sartre(프랑스 철학자, 소설가, 극작가)

한 가지 일을 반드시 이루고자 생각하면 다른 일을 깨뜨리는 것을 마음 아파하지 마라. 남의 조소도 부끄러워하지 마라. 만사와 바뀌지 않고서는 한 가지의 큰일도 이뤄지지 않는다. 많은 사람이 진정한 행복이 무엇으로 이루어지는가에 대해 잘못된 생각을 하고 있다. 그것은 자기만족을 통해서 획득되는 것이 아니라 가치 있는 목적을 향한 성실성을 통하여 얻어진다. 무슨 일이든 하는 것이 알려지고 싶지 않으면 그것을 절대 하지 마라.

* 하나를 잃으면 하나를 얻게 되는 바, 무엇을 버리고 취할 것인지를 잘 택하는 삶을 살아야 합니다.

March 027

사람은 희망에 의해 구제된다

Nobody can give you wiser advice than yourself.

자기 자신보다 훌륭한 충고를 해주는 사람은 없다.

Marcus Tullius Cicero(로마의 정치가 문필가, 철학자)

불은 금의 시금석이요, 역경은 강한 인간의 시금석이다. 역경에 있으면 그 몸의 주위가 모두 약이 되기 때문에 모르는 사이에 절조와 행실을 닦게 되거니와 순경에 있으면 눈앞이 모두 칼과 창 같아서 기름을 녹이고 뼈를 깎아도 알지 못한다. 순경은 구약성서의 축복이요, 역경은 신약성서의 축복이다. 모든 일이 잘되는 날에는 기뻐하고, 딱하고 어려운 날에는 생각하라. 번영의 시기에 인식되지 않고 감춰져 있는 덕성은 역경에 뚜렷하게 드러난다.

* 역경은 영웅을 만듭니다.

March 028

성공 제일의 비결

Silence is the virtue of fools.

침묵은 어리석은 자의 미덕이다.

Francis Bacon(영국의 철학자, 신학자, 법학자)

로마에 가면 로마 사람들이 하는 대로 하라. 그것이 성공으로 가는 확실한 길이다. 만족하며 살고 때때로 웃으며 많이 사랑한 사람이 성공한다. 모든 사람은 자수성가한 사람들을 좋아하며 존경한다. 한 번 뛰어서는 하늘에 도달되지 않는다. 그러나 우리는 낮은 땅에서 둥근 하늘로 올라가는 사다리를 만든다. 그래서 우리는 돌고 돌아 그 꼭대기에 이른다. 성공의 비결은 목적을 향해 시종일관하는 것이다.

* 꾸준한 노력만이 성공을 일굽니다.

March 029

마음가짐이 곧 행복이다

Success without fulfillment is failure.

채워지지 않은 성공은 실패다.

Anthony Robbins(미국의 자기계발 작가, 코치, 강연가)

행복이란 영혼의 선물이며 타인을 행복하게 해주려는 노력의 부산물이다. 인생 최고의 행복은 우리가 사랑받고 있다는 확신이며 가장 재미있는 생각을 하고 나누어 갖도록 마련된 뜻이다. 정말 행복한 사람이라고 부를 수 있는 사람은 부자가 아니라 신이 주는 축복을 지혜롭게 활용할 줄 알고, 극심한 빈곤을 인내할 줄 아는 사람이며, 죽음보다도 비천한 불명예를 무서워할 줄 알며, 사랑하는 벗이나 조국을 위하여 죽기를 두려워하지 않는 자이다.

* 행복을 가져다주는 것이 넘치는 재물이 아니라는 점은 세상의 모든 지혜로운 책, 전 인류의 역사가 증언해주고 있는 사실입니다.

March 030

불행과 행복

A hero is a man who does what he can.

영웅이란 자신이 할 수 있는 일을 하는 사람이다.

Romain Rolland(프랑스의 작가, 노벨 문학상 수상)

스스로 불행하다고 생각하는 자는 불행하다. 사람에게는 세 가지 불행이 있다. 첫째는 어린 시절에 높은 벼슬에 오름이요, 둘째는 부형의 세력을 업고 고관이 됨이요, 셋째는 뛰어난 재주가 있고 문장에 능함이다. 누구나 타인의 불행에 동정하지 않는 자는 없으나 타인이 불행을 어떻게든 헤쳐 나오게 되면 허전한 기분이 든다. 남에게 고통을 줌으로써 자기의 행복을 구한다면 원망이 몸으로 돌아와 재앙에 빠지게 된다.

* 남의 노력으로 성과를 얻거나, 남의 불행을 반기는 사람은 결국 자신의 행복을 잃습니다.

March 031

사랑의 비극이란 없다.

Prejudice is an opinion without judgment.

편견은 판단이 없는 의견이다.

Voltaire(프랑스의 철학자, 작가, 문학자, 역사가)

사랑하는 사람에게서 발견할 수 있는 가장 순수한 기쁨은 사랑하는 사람이 타인을 기쁘게 하는 것을 보는 일이다. 만일 당신이 아직 젊었을 때 사랑을 느끼지 못한다면, 사랑하는 마음으로 사람들과 동물들과 꽃들을 보지 않는다면, 어른이 된 다음에 당신은 삶의 공허함을 느낄 터이고 아주 고독해질 것이며 두려움의 어두운 그림자가 항상 당신 뒤를 따라다니리라. 사랑은 마치 곡식단처럼 그대들을 자기에게로 거두어들이는 것, 사랑은 그대들을 두드려 발가벗게 하는 것, 사랑은 서로 마주 바라보는 데 있지 않고 둘이서 함께 같은 방향을 향해 시선을 돌리는 데 있다.

*사랑을 아는 자만이 인생을 압니다.

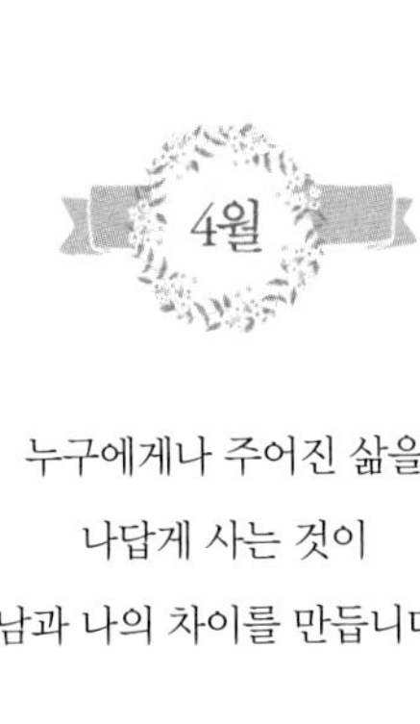

누구에게나 주어진 삶을

나답게 사는 것이

남과 나의 차이를 만듭니다.

April

April 001

사랑을 말하려거든

Pain is short, and joy is eternal.

고통은 짧고 기쁨은 영원하다.

Friedrich von Schiller(독일의 시인, 역사학자, 극작가, 사상가)

우리는 사랑이 시작되는 시기에 가장 행복하다. 그리고 그때는 아무것도 원하지 않고, 아무것도 계산하지 않으면서 순수한 기쁨에 충만해 있다. 사랑의 첫째 조건은 그 마음이 순결해야 한다. 상대방의 인격을 존중하지 않고는 진실한 연애라고 할 수 없다. 그리고 그 마음과 뜻에 흔들림이 없어야 한다. 신성 앞에서도 부끄러움 없고 동요함이 없어야만 한다. 동시에 대담성이 있어야 한다. 장애물에 굴하지 않는 용기를 지녀야 한다. 이와 같은 조건이 갖추어졌다면 그것은 참된 애정이며 진실한 연애이다.

* 사랑 앞에 순전한 마음을 바치는 것만큼 아름다운 일은 없습니다.

April 002

사랑의 치료 방법

The word tomorrow was invented for indecisive people and for children.

'내일' 이라는 말은 우유부단한 사람과 아이들을 위해 만들어진 것이다.

Ivan Sergeevich Turgenev(러시아의 소설가)

사랑의 고통에 기꺼이 몸을 던져라. 사랑과 미움에서 나오는 모든 번민이 나에게는 차라리 시원한 감각을 준다. 인간 전체에게 주어진 것들을 모두 내 것으로 맛보고 싶다. 나의 마음은 가장 높은 것, 가장 깊은 것을 붙들고 싶다. 사랑은 영원히 미완성인 것을 완성으로 만들려고 한다. 정열과 신념의 기름을 한 방울도 남김없이 불사른 뒤에야 꺼지는 법이다. 사랑은 하늘이 준 고통의 잔이다. 자기의 모든 것을 버리고 십자가를 져야 하는 고통의 잔이다. 그 사랑 때문에 죽을 수도 없는 어려운 인생의 짐인 것이다.

*사랑으로 인한 번민이나 아픔은 기꺼이 감당해야 할 축복입니다.

April 003

오늘의 하나는

Never leave that till tomorrow which you can do today.

오늘 할 수 있는 일을 내일로 미루지 마라.

Benjamin Franklin(미국의 정치가, 외교관, 물리학자)

우리는 내일에 대해서 아무것도 모른다. 우리의 할 일은 오늘이 좋고 행복하게 되는 것이다. 그러므로 내일 일을 위하여 염려하지 마라. 내일 일은 내일 염려할 것이요, 한 날 괴로움은 그날 것으로 충분하다. 미래의 행복을 확보하는 최고의 방법은 오늘 정당하게 가능한 만큼 행복한 것이다. 오늘 할 일을 파악하라. 그러면 내일의 일에 많이 의존하지 않을 것이다. 슬기로운 자는 미래를 현재인 양 대비할 것이고, 오늘을 준비하지 않는 자는 내일은 더욱 그러하리라. 오늘 밤에 할 수 있는 일을 내일로 미루지 마라. 오늘의 달걀이 내일의 암탉보다 낫다.

*내일을 대비하되 내일을 걱정하지 않는 오늘을 살아야 합니다.

미래의 가장 좋은 예언은 과거다

Never regret yesterday, Life is in you today, and you make tomorrow.
절대 어제를 후회하지 마라, 인생은 오늘의 내안에 있고, 내일은 스스로 만들어 가는 것이다.
Bon Hubbard(미국의 작가)

과거는 지나간 장례식과 같고 미래는 불청객처럼 온다. 미래를 알려거든 먼저 지나간 일을 살펴보라. 현재는 과거보다 더욱, 미래는 현재보다 더욱 나의 관심을 끈다. 과거를 슬프게 들여다보지 마라. 어제는 다시 오지 않는다. 현재를 슬기롭게 활용하라. 그것은 그대의 것이다. 진취적인 기상으로 두려워 말고 나아가 그림자 같은 미래를 맞이하라. 오늘의 일이 의심스럽거든 옛 역사에 비추어보라. 미래의 일을 알지 못하겠거든 과거에 비추어보라.

* 과거를 후회하지 말고 미래를 두려워하지 말며 어제를 교훈 삼아 오늘을 살아야 합니다.

April 005

후회는 언제 해도 늦지 않다

Conquer yourself rather than the world.

세계가 아니라 자기 자신을 정복하라.

Rene Descartes(프랑스의 철학자, 수학자)

탄식하되 물러서지 말고, 슬퍼하되 후회하지 마라. 양심의 가책은 무력이다. 그것은 다시 잘못을 저지를 것이다. 오직 회개만이 강력하다. 쏟아진 우유를 보고 울지 않는 법이다. 지나간 것은 다시 부를 수 없으니 말이다. 잘못을 저지르고서도 반성할 줄 모르는 자는 하등의 사람이요, 반성하면서도 고칠 줄 모르는 자 역시 하등의 사람이다.

* 잘못한 일에 대해서는 후회가 아닌 자성을 해야 합니다.

April 006

한 발 물러서 자신을 바라보라

Adversity makes men, and prosperity makes monsters.

불운은 인간을 만들고 행운은 괴물을 만든다.

Victor, Marie Hugo(프랑스 낭만주의 시인, 소설가)

지혜 없는 자에게는 명상이 없고, 명상이 없는 자에게는 지혜가 없다. 명상은 노동이요, 생각하는 것은 행동하는 것이다. 우리 인생은 전투와 행진에 불과했고 절대 쉬지 않고 움직이는, 집 없는 바람과 같다. 내가 세상에 어떻게 보일지 나는 알지 못한다. 그러나 나 자신에게는 바닷가에서 노는 소년과 똑같았던 것 같다. 진실의 거대한 대양이 아무에게도 발견되지 않는 것들을 내 앞에 가져다줄 때, 보통의 것보다 더 매끄러운 조약돌이나 더 예쁜 조개껍데기를 찾은 것에 불과하다. 우리는 해야 하기 때문에 잊는 것이지, 하려고 해서 잊는 것이 아니다.

* 자신에게로부터 멀리 떨어져 관찰자의 시각에서 나를 바라보는 순간이 필요합니다.

April 007

사는 법을 배우자

Honesty is the best policy.

정직이 최선의 방책이다.

Miguel de Cervantes Saavedra(스페인 소설 「돈키호테」의 작가)

사람은 어떻게 죽느냐가 문제가 아니라 어떻게 사느냐가 문제다. 훌륭히 죽기 위해 훌륭히 살기를 배우라. 십 년 만에 죽어도 역시 죽음이요, 백 년 만에 죽어도 역시 죽음이다. 어진 이와 성인도 역시 죽고 흉악한 자와 어리석은 자도 역시 죽는다. 만물이 서로 다른 것은 삶이요, 서로 같은 것은 죽음이다. 살아서는 현명하고 어리석은 것과 귀하고 천한 것이 있으니 이것이 서로 다른 점이요, 죽어서는 썩어서 냄새나며 소멸하여버리니 이것이 서로 같은 점이다.

* 사는 과정은 결국, 어떤 모습으로 죽을 것인가에 대한 준비입니다.

April 008

사람들이 근심하는 것

Nothing sharpens sight like envy.

질투만큼 시각을 예민하게 하는 것은 없다.

Thomas Fuller(영국의 성직자, 역사가)

한 번 태어난 자는 한 번 죽어야 한다. 미친 사람이 동으로 뛰면 그를 쫓는 사람도 동으로 뛴다. 그러나 동으로 뛰는 것은 같지만, 뛰는 동기는 서로 다르다. 사람이 물에 빠지면 이를 구하려는 사람도 물에 뛰어든다. 물속에 들어간 것은 같지만 그 동기는 서로 다르다. 이와 마찬가지로 성인도 한 가지에 살고 죽으며 어리석은 자도 한 가지에 살고 죽는다. 그러나 성인의 생사는 도리에 통달하고 있지만 어리석은 자는 삶과 죽음의 가치를 몰라서 혼동하고 있다.

* 누구에게나 주어진 삶을 나답게 사는 것이 남과 나의 차이를 만듭니다.

April 009

고결하게 죽는 것은

The only true paradise is paradise lost.

진정한 낙원은 잃어버린 낙원이다.

Marcel Proust(프랑스의 작가)

하늘 아래 가장 훌륭한 광경은 인간이 얼마나 용감하게 죽을 수 있는가를 보는 것이다. 죽음을 피하기보다 죄를 삼가는 것이 더 나을 것이다. 죽음이 다가오는 것을 그처럼 두려워한다는 것은 바로 생전의 사악한 삶의 증거다. 당신의 무익한 눈물을 멈추라. 당신의 울음은 헛되다. 죽음은 행복한 자에게는 축복으로 악한 자에게는 불행으로 온다.

*삶의 무게를 가벼이 여기지 않는 사람은 죽어야 할 때를 두려워하지 않습니다.

April 010

삶에서 확실한 것

Never spend your money before you have earned it.

돈이 손안에 들어오기 전에 돈을 쓰지 마라.

Thomas Jefferson(미국의 3대 대통령, 미국 독립선언의 중요 인물)

죽음이란 인간이 하느님에게로 가기 위해 밟지 않으면 안 될 길에 불과하다. 죽음은 자연이 숨겨야 하는 추한 사치이며 자연은 죽음을 멋지게 숨긴다. 죽음은 때로는 벌이고 때로는 선물이며 수많은 사람에게는 은혜였다. 조만간 지상의 모든 사람에게 죽음은 온다. 죽음은 지나가는 모든 산들바람을 타고 와 모든 꽃 속에 숨는다. 죽은 사람들을 가리켜 '돌아간 사람'이라고 하는 말은, 곧 살아 있는 사람은 길을 가는 사람이란 뜻이다. 길 가는 사람이 돌아갈 줄 모른다면 이는 집을 잃고 방황하는 셈이다. 그런데 한 사람만이 집을 잃고 방황한다면 온 세상에 그를 그르다 비난하겠지만 온 세상 사람들이 집을 잃고 방황하고 있으니 아무도 그른 줄을 모르고 있다.

* 죽음에 이르는 길은 멀게 느껴지지만, 곧 우리 앞에 닥칠 현실입니다.

April 011

자기 자신을 죽일 수 없다

Who in the world am I? Ah, that's the great puzzle!

나는 대체 누구인가? 그것은 거대한 퍼즐이다.

Lewis Carroll(영국의 작가 「이상한 나라의 엘리스」 저자)

죽음은 더러운 악의를 가지고 아름다운 목표를 겨눈다. 스스로 자신을 해치는 사람과는 함께 말할 것이 못되고, 스스로 자신을 버리는 사람과는 함께 일할 수 없다. 말로서 예의를 비난하는 것은 스스로 자신을 해치는 일이며, 스스로 인에 처하고 의를 따를 수 없다고 하는 이는 자기 자신을 버린다고 하는 것고 같다. 모든 승리는 죽음이라는 패배로 끝이 난다. 그것은 확실하다. 그러나 패배가 죽음이라는 승리로 끝나는가? 이를 깨우치는 것이 도이다.

* 자기 삶을 해치지 않는 법이 무엇인가를 아는 것은 올바로 사는 것이 무엇인가를 아는 것만큼 중요합니다.

April 012

자연의 시는 절대 죽지 않는다

There is no wealth but life.

생명을 잃으면 부도 없다.

John Ruskin(영국의 미술 비평가, 사회 사상가)

자연은 신이 쓴 책이다. 자연은 설교하지 않지만 가르쳐 주는 것이 더 많다. 돌 속에는 설교가 없다. 하나의 교훈보다는 돌 하나를 깨뜨려 불꽃을 얻기가 더 쉽다. 자연을 읽어라. 자연은 진리의 친구이며, 종교적이고, 인류에게 많은 것들을 나누어 주며 참된 진리를 펼쳐 보인다. 자연은 사랑의 특전과 특권을 나누어줄 때는 언제나 장엄하다. 자연은 노동의 오르간과 악기를 나누어줄 때에만 비참해진다.

*자연은 일부러 가르치려 하지 않지만, 우리는 자연에서 배워야 할 것이 많습니다.

April 013

나를 위해 나무를 심지 않는다

What worries you, masters you.

당신을 근심하게 하는 것이 당신을 지배한다.

John Locke(영국의 철학자)

꽃은 갓난아기까지도 이해할 수 있는 언어이다. 요염한 아름다움을 지닌 꽃에는 흔히 향기가 없고, 몇 겹씩 꽃잎이 겹쳐 피는 꽃은 대개 추하다. 나무를 심는 자는 자기보다 타인을 사랑하는 사람이다. 꽃과 사람과 짐승들도 같은 안색과 표정을 가지고 있다. 어떤 것은 미소 짓는 것같이 보이고, 어떤 것들은 슬픈 표정을 가지고 있으며, 또 어떤 것들은 생각에 잠긴 것도 같고 수줍은 것도 같다. 또 어떤 꽃들은 넓은 얼굴의 해바라기나 접시꽃처럼 소박하고 정직하며 꿋꿋하기도 하다. 나무를 심으면 다음 세대에 이익이 된다.

* 나 자신을 위해 나무를 심는 사람은 없습니다.

인간은 환경의 창조물이 아니다.

The time you enjoy wasting is not wasted time.

낭비하는 것을 즐긴 시간은 낭비된 시간이 아니다.

Bertrand Arthur William Russell(영국의 철학자, 노벨 문학상 수상)

인간은 환경의 동물이다. 환경이 인간을 지배하지 인간이 환경을 지배하지 않는다. 수레를 삼킬 만한 큰 짐승도 홀로 산에서 벗어나면 그물에 걸리는 환난을 면치 못하고, 배를 삼킬 만한 큰 물고기도 물을 떠나 육지로 나오면 개미에게조차 시달림을 당한다. 그러므로 새나 짐승은 높은 데에서 살기를 좋아하고, 물고기나 자라는 깊은 물에서 살기를 좋아한다. 이와 마찬가지로 자기의 몸을 보전하려는 사람은 그 몸을 숨길 때는 깊숙한 곳을 택한다.

* 내가 있어야 할 곳을 잘 알아야 하는 것이 평온한 삶의 열쇠입니다.

April 015

시간은 위로하는 자이고, 진통제이다

I may lose land... but I never lose a minute.

나는 영토를 잃을지 몰라도.... 결코 시간을 잃지 않을 것이다.

Napoleon Bonaparte(프랑스 황제, 정치가, 군인)

시간은 인간의 편견이며 젊음을 부수는 기우다. 시간은 변화하는 재산이다. 그러나 시간의 모방 속에 있는 시계는 단순히 변화만 지킬 뿐 재산을 만들지는 않는다. 시간은 가장 위대한 개혁자이고 세상의 혼이며 영원의 표상이다. 시간을 낭비하지 말고, 아무것도 아닌 것을 추구하기보다는 주렁주렁 달린 포도송이를 가지고 즐기는 것이 낫다. 나이는 시간과 함께 달려가고, 뜻은 세월과 더불어 사라져 간다. 현재 시간을 잃어버리면 모든 시간을 잃는다.

* 시간이 흐르는 것을 야속해하지 말고, 현재 이 시간을 귀히 보듬어 내 것으로 만들어야 합니다.

April 016

하루는 영원의 축소판이다

The end of man is an action, and not a thought.

인생의 목적은 행위에 있지 사상에 있지 않다.

Thomas Carlyle(영국의 사상가, 역사가)

영원이란 죽은 후에 시작되는 것이 아니다. 그것은 항상 진행되고 있으며 우리도 그 속에 있는 것이다. 한 세대는 가고 또 한 세대는 오지만 땅은 영원히 있다. 영원으로부터 새날은 밝아오고, 영원을 향하여 밤은 돌아간다. 지금이 영원이다. 나는 그 한복판에 있다. 그것은 햇빛이 비치는 내 주위에 있으며 나는 빛이 가득한 공중의 나비처럼 그 안에 있다. 올 것은 아무것도 없으며 그것은 지금이다. 지금은 영원이며 지금은 불사의 생명이다. 하루는 영원과 조금도 다르지 않다.

* 하루하루가 모여 일생이 되고, 영원이 됩니다.

April 017

진리는 영원히 진리이다

To describe happiness is to diminish it.

행복을 말로 표현하면 행복이 줄어들고 만다.

Stendhal(프랑스의 소설가. 「적과 흑」의 저자)

진리는 존재하는 것의 정상이며 정의는 진리의 사건에의 적용이다. 진리는 신의 말이요, 지구의 황금 허리띠이다. 위대한 우주의 진리를 터득한 사람에게는 삶이나 죽음을 가지고 겁을 줄 수 없으며, 도에 맞게 본성을 바르게 보양할 줄 아는 사람에게는 천하를 내걸고 꾀어도 소용이 없다. 삶이 아닌 경지, 즉 죽음의 세계를 뛰어넘을 줄 아는 사람에게는 죽음으로 두려움을 줄 수 없고, 천하를 마다하고 은둔한 허유가 요순 임금보다 존귀하다는 것을 아는 사람은 재물을 탐하지 않는다.

* 재물은 사라지고 육신은 썩어 없어져도 진리는 영원히 그 빛을 발합니다.

April 018

진리는 시간보다 더 소중하다

Tears are the silent language of grief.

눈물은 고요한 슬픔의 언어이다.

Voltaire(프랑스의 철학자, 작가, 문학자, 역사가)

인생의 진리는 억지로 찾아낼 수 없다. 예기치 못한 순간에 어떤 너그러운 감화력이 영혼 위에 내려와 감동을 일으키는데 마음은 자연스레 그 감동을 사고로 바꾼다. 진리를 모르는 자의 백 년은 진리를 깨닫고 사는 이의 하루만 못하다. 사람이 진리를 깨침은 물에 달이 비치는 것과 같다. 달은 젖지 않고 물은 깨어지지 않는다.

* 진리에 대한 탐구가 없는 삶은 공허한 숨쉬기에 불과합니다.

April 019

진실은 강하다 인생을 진실하게 하라

Truth is generally the best vindication against slander.

일반적으로 진실이 중상모략에 대한, 최선의 해명이다.

Abraham Lincoln(미국의 제16대 대통령)

진실은 시간의 자녀이며 인생을 맛나는 음식으로 만들어 주는 향신료다. 그리고 우리가 가진 가장 가치 있는 것이다. 진실을 아끼자. 진실이 지혜로울 때는 모든 것 중에서 가장 지혜롭다. 진실한 사람의 가슴은 언제나 평온하다. 진실은 웅변과 덕성의 비결이며 도덕적 권위의 기초이다. 그것은 예술과 인생의 가장 높은 정상이다. 진실은 진실 자체의 특별한 시간을 갖지 않는다. 진실의 시간은 지금이다.

* 진실한 마음을 잃지 않는 삶은 언제나 풍요로운 향취를 지닙니다.

끝나기 전까지 긍정적으로 생각하라

He who knows best knows how little he knows.

가장 잘 알고 있는 사람은 자신이 거의 모르고 있다는 사실을 알고 있다.

Thomas Jefferson(미국의 3대 대통령, 미국 독립선언의 주요 인물)

불가능이란 내가 절대 말하지 않는 단어이다. 일이 불가능하다고 생각하는 것은 일을 불가능하게 하는 길이다. 당신이 도달하기 어려운 것이라 해서 인간에게 불가능한 것이라 생각지 마라. 인간에게 가능하고 알맞은 것이라면 당신도 달성할 수 있다고 생각하라. 불가능한 것을 시도해야 할 의무는 없다. 할 수 있다고 생각하고 있기 때문에 할 수 있다. 경지를 행사할 수 있는 자에게는 불가능한 것이란 없다.

* 불가능을 규정하는 것은 내 능력에 대한 방치이자, 인간의 능력을 얕보는 오만입니다.

April 021

사랑은 고결한 마음을 이어주는 주문

The sovereign cure for worry is religious faith.

걱정에 대한 최대의 양약은 종교적 신앙이다.

William James(미국의 철학자)

신앙은 인생의 힘이며 모든 일의 뿌리이다. 신앙은 이상보다 더 고상한 능력이며 정의의 기초다. 믿음은 증거 없는 확신이며 감성이고 본능이다. 바라는 것들의 실상이요, 보지 못하는 것들의 증거이다. 사람이 강한 믿음을 가지면 회의로의 사치에 빠질 수 있다. 신앙이 산을 움직일 수 있다면 불신은 자기 실존을 부인할 수 있다. 무지가 잘못보다는 낫다. 그릇된 것을 믿는 사람보다는 아무것도 믿지 아니하는 자가 진리에 가깝다.

* 맹목은 무지함보다 더 위험합니다.

April 022

산 자가 죽은 자보다 더 자애가 필요하다

Find first, seek later.

먼저 찾고 나서 추구하라.

Jean Cocteau(프랑스의 시인, 소설가, 예술가)

참다운 자선이란 보답에 대한 생각 없이 남에게 유용한 일을 하려는 선한 마음이다. 만물에 대하여 잘 알아도 인도를 알지 못하면 지혜롭다 할 수 없고, 중생을 널리 사랑할지라도 인류애가 없으면 인이라 할 수 없다. 가난한 동포를 많은 선물이나 많은 돈을 줌으로써 도울 것인가, 혹은 장사를 가르치거나 직업을 갖게 함으로써 돕고 정직한 생계를 벌도록 할 것인가를 진지하게 고려하라. 이것이 자선의 황금 사다리의 최고 계단이며 정상이다.

* 당장의 밥 한 끼보다는 농사짓는 법을 가르치는 것이 진정한 자선이라 할 수 있습니다.

April 023

자각 있는 생의 기쁨은 더욱 크다

Saying is one thing and doing is another.

말하는 것과 행동하는 것은 별개의 것이다.

Michel Eyquem de Montaigne(프랑스의 철학자)

이 세상이 화평하고 즐거운 곳이냐, 혹은 슬픔과 관계된 곳이냐 하는 것을 논하지 마라. 내 마음에 따라 세상은 즐거운 보금자리도 될 수 있고 슬픔과 괴로움에 가득 찬 구렁텅이도 될 수 있다. 모든 것은 마음의 선택이다. 사람들이 원하여 추구하는 것은 재물, 명예, 쾌락이라고 할 수 있다. 그러나 이 세 가지는 우리의 정신이 참되고 좋은 것을 발견하지 못하도록 늘 방해하고 있다. 재물과 명예와 쾌락을 앞세우는 삶에 참된 정신의 활동을 기대할 수 없다.

* 진리냐, 재물이냐. 무엇을 좇느냐에 따라 마음의 화평과 슬픔이 결정지어집니다.

April 024

의욕과 창조하는 것에서만 행복하다

Wisdom is learning what to overlook.

지혜란 무엇에 눈을 감아야하는지를 배우는 것이다.

William James(미국의 철학자, 심리학자)

행복은 자신의 온갖 능력을 마음껏 발휘하는 데서, 또 내가 사는 세계가 완성되는 데서부터 생기는 것이다. 진정한 일거리를 찾았을 때, 인간은 비로소 유쾌한 마음을 지닐 수 있다. 행복하기를 바라거든 먼저 일을 시작하라. 실패한 생애는 대개 그 사람이 전혀 일을 가지지 않았거나, 혹은 정당한 일을 가지지 못했다는 것에 그 근본 원인이 있다. 그러나 우리는 일 자체를 우리들이 섬기는 우상으로 삼아서는 안 된다. 오히려 일함으로써 참된 신에게 봉사해야 한다.

* 잘할 수 있는 일을 찾아, 그 일에 헌신하는 것은 신이 내려주신 과업입니다.

April 025

큰 행복은 사랑이며 그 사랑을 고백하는 일

Patience is also a form of action.

인내 또한 행동의 한 가지 형태이다.

Auguste Rodin(프랑스의 조각가, 「생각하는 사람」의 작가)

대가를 기대하지 않으며 남에게 주는 일에 기쁨을 느끼는 것만큼 행복한 일은 없다. 당신의 고민거리를 헤아리지 말고 당신이 받은 축복을 헤아리라. 남을 모방하지 마라. 자기 자신을 발견하고 자기답게 살라. 친구의 불행보다는 그의 행복을 원하는 것이 우정이고, 불행한 이웃보다 행복한 이웃을 좋아하는 것이 사람으로서의 정의다. 자신의 행복의 끈을 모든 친구, 모든 이웃이 같이 잡을 수 있도록 나눠주는 미덕 없이는 진정한 행복을 얻었다고 볼 수 없을 것이다.

* 혼자서 행복할 수 있는 사람은 없습니다.

April 026

잘 지낸 하루는 행복한 죽음을 가져온다

Your life would be very empty if you had nothing to regret.

아무것도 후회할 것이 없다면 인생은 너무나 공허할 것이다.

Vincent van Gogh(네덜란드 출신의 포스트 인상파 화가)

생각하는 것도, 사랑하는 것도, 행동하는 것도, 괴로워하는 것도 신 안에서 행한다. 이것이 위대한 지식이다. 행복을 느낀다는 것, 영원한 생명을 파악한다는 것, 신 안에 거한다는 것, 구원받는다는 것, 이것들은 모두가 같은 것이며, 모든 문제의 해결점이자 생존의 목적이다. 행복이라는 것은 완전한 현재 속에서 호흡하는 것, 천체의 합창 속에서 함께 노래하는 것, 우주와 함께 춤추는 것, 신의 영원한 웃음 속에서 함께 웃는 것이다.

* 우주의 모든 만물과 함께 호흡하는 피조물이 되는 것이 참된 진리에 이르는 길입니다.

April 027

눈물을 흘림으로써 죄악을 씻어낸다

It does not matter how slowly you go so long as you do not stop.

멈추지만 않는다면 아무리 늦더라도 전진하면 된다.

공자(중국의 사상가, 유가의 시조)

인간의 위대함은 그가 자기의 비참함을 알고 있다는 점에 있다. 나무는 자신의 비참함을 알지 못한다. 자신의 비참함을 깨닫는 것은 비참한 일이나 한편으로는 위대한 일이기도 하다. 아무리 많은 고통에 직면하더라도 나는 존재한다. 내가 비록 고문대에 올라앉아 있다 하더라도 나는 존재함이 틀림없다. 내가 비록 쇠사슬로 묶이는 한이 있더라도 나는 목숨을 유지하여 태양을 바라볼 것이며, 혹시 내가 태양을 못 본다 하더라도 그것이 있다는 것만은 내가 알 수 있다.

*고통을 겪는 동안은 고통 겪는 내가 존재하고, 억압을 받을 땐 억압 받는 내가 존재합니다.

April 028

사랑은 자신의 행복에 필수품이 되는 상태

There is happiness in life to love and to be loved.

인생에서 최고의 행복은 사랑하고 사랑받는 것이다.

Georag Saud(프랑스 여류 소설가)

사랑은 아름다운 꿈이며 미의 중개에 의한 생식의 욕망이고 파수를 맡아줄 친구를 가지려는 열망이다. 타인의 몸과 마음속에 우리가 확신하지 않는 자아를 우쭐하게 해주는 책임을 일깨운 채로 유지하려는 욕망이 일 때, 우리는 그것을 사랑이라 부른다. 사랑은 무한히 용서하는 행동이며 상냥한 태도를 습관처럼 지니는 것이다. 사랑은 가장 달콤한 기쁨이요, 가장 처절한 슬픔이다. 사랑은 동그라미처럼 영원 속을 끊임없이 맴돈다.

* 사랑에 빠진 순간 우리는 세상에서 가장 행복한 바보가 됩니다.

April 029

청춘은 한때요, 아름다움은 꽃이다

Where there's hope, there's life.

희망이 있기에 인생도 있다.

Annelies Marie Frank(「안네의 일기」 저자, 유대계 독일인 소녀)

사랑은 요정이요, 사랑은 마귀다. 사랑은 오래 참고 사랑은 온유하며 사랑은 투기하는 자가 되지 아니하며 사랑은 자랑하지 아니하고 교만하지 아니한다. 믿음, 소망, 사랑 이 세 가지는 항상 있을 것인데 그중에 제일은 사랑이다. 사랑이란 뿌리는 땅속 깊숙이 박았지만 가지는 하늘로 뻗은 나무여야 한다. 사랑은 인생이요, 죽음은 결국 인생을 영원하고 신성하게 만든다. 사랑이 있는 곳에는 부족함이 없다. 사람은 사랑 없이는 강해질 수 없다. 사랑은 사람을 살찌우는 양분이다. 인생의 피요, 분리된 것을 재결합시키는 힘이다.

* 사랑은 여러 얼굴을 가지고 있지만, 그 어떤 얼굴이든 우리에게 꼭 필요한 감정입니다.

April 030

사랑은 사랑을 이해한다.

Love the life you live. Live the life you love.

자신의 삶을 사랑하라. 자신이 사랑하는 삶을 살자.

Bob Marley(자메이카 레게 뮤지션)

사랑을 말하려거든 낮은 소리로 말하라. 현명하게 사랑한다는 것은 확실히 가장 좋은 일이다. 그러나 미련하게 사랑한다는 것도 전혀 사랑할 수 없는 것보다 낫다. 슬기로운 자만이 사랑할 줄 안다. 사랑의 절대적 가치는 인생을 가치 있게 만든다. 그리하여 인간의 생소하고 어려운 처지를 바람직하게 만든다. 사랑이 인생을 죽음에서 구원할 수는 없지만, 인생의 목적을 충족시킬 수는 있다.

* 사랑은 삶보다 찬란하고 죽음보다 강합니다.

All travelling becomes dull in exact proportion to its rapidity.

모든 여행은 그 속도에 비례해 따분해진다.

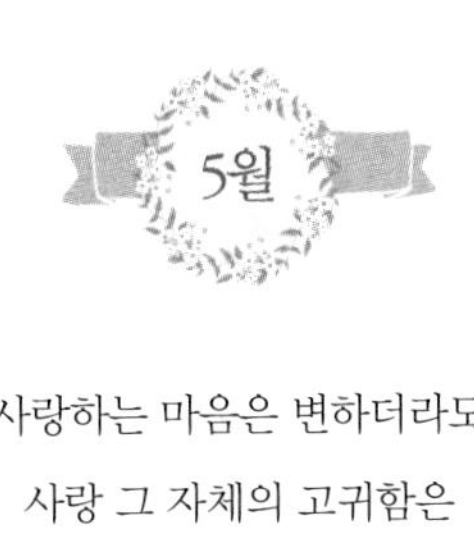

사랑하는 마음은 변하더라도
사랑 그 자체의 고귀함은
변하지 않습니다.

May

May 001

고통이 없는 사랑에는 삶이 없다

Whether you believe you can do a thing or not, you are right.

당신이 가능하다고 생각하면 할 수 있고 불가능하다고 생각하면 불가능하다. 어느 쪽이든 당신의 생각은 옳다.

Henry Ford(미국 포드자동차 창업자)

사랑의 기쁨은 순간에 그치고, 사랑의 고통은 평생 계속된다. 사랑의 기쁨은 만끽할 만한 것이다. 사랑의 고통 또한 다른 모든 쾌락보다 훨씬 감미로울 수 있다. 사랑 속에서는 괴로움과 즐거움이 언제나 싸우고 있다. 진실한 사랑의 과정은 절대로 평탄하지 않다. 곧게 자란 나무는 좋은 열매를 맺지는 못한다.

* 질곡 없는 삶이 없듯, 질곡 없는 사랑도 없습니다.

May 002

사랑은 사랑에 의해서 정복된다

A successful man cannot realize how hard an unsuccessful man finds life.
인생에 성공한 사람은 인생에 실패한 사람이 인생을 얼마나 힘겹게 여기고 있는지를 알 수 없다.

E. W. Howe(미국의 소설가, 신문 편집자)

사랑은 내 인생의 가장 중요한 일이었으며 유일한 것이었다. 남녀의 사랑도 그 열정이 식어버리고 남편도 그 아내를 미워할 줄 알게 되지만 부모의 사랑만은 평생 계속된다. 젊은 날의 사랑만큼 달콤한 것도 인생에는 없다. 사랑 안에는 두려움이 없고, 공포도 없다. 최상의 도덕이기 때문에 사랑에 의혹은 없다. 최대의 진리이기 때문에 사랑에 속박은 없다. 참다운 자유이다. 누구라도 너를 사랑하는 존재를 의심하려거든 해보라. 하지만 결코 사랑 자체를 의심하지는 마라. 사랑에는 두려움이 섞일 수 없다.

* 사랑하는 마음은 변하더라도 사랑 그 자체의 고귀함은 변하지 않습니다.

May 003

사랑은 천상의 행위

The greatest glory in living lies not in never falling, but in rising every time we fall.

삶에서 가장 위대한 영광은 절대로 넘어지지 않는 것이 아니다. 넘어질 때마다 다시 일어나는 것이다.

Nelson Mandela(남아프리카 공화국의 정치가, 노벨 평화상 수상)

사랑은 누구에게서나 똑같다. 사랑은 부드러운 눈길로 유인되며 사랑하는 자의 마음은 다른 사람의 몸속에 거처한다. 사랑이 병들었을 때 우리가 할 수 있는 최선의 것은 사랑을 극단적인 죽음으로 몰아넣는 것이다. 거절당한 사랑만 한 슬픔도 없고 성취된 사랑 같은 벅찬 기쁨도 없다. 사랑하는 것은 인간적이요, 몰두하는 것도 인간적이다. 사랑을 받기 위하여 사랑하는 것은 인간이지만 사랑하기 위하여 사랑하는 것은 천사이다.

*사랑할 줄 아는 사람은 천상의 영혼을 지닌 존재와 같습니다.

잘못 디딘 한 걸음은 다시 회수할 수 없다

Life was meant to be lived, and curiosity must be kept alive. One must never, for whatever reason, turn his back on life.

인생은 사는 것이 중요하다. 언제나 호기심을 가져라. 어떤 이유가 있더라도 결코 인생을 등지지 마라.

Eleanor Roosevelt(미국의 대통령 영부인, 인권 운동가)

항상 냉철하고 어떤 환경에서나 침착한 마음을 지니는 것만큼 남에게 많은 이익을 주는 것도 없다. 길들이지 않은 말엔 박차를 가하지 마라. 천천히 서두르라. 작은 것을 크게 받아들이는 자에게 큰 것이 찾아든다. 행운은 항상 신중한 자의 편에서 싸운다. 험한 언덕을 오르려면 처음에는 서서히 걸어야 한다. 가장 훌륭한 선은 신중성이다. 시련 속에서 발휘하는 침착과 용기는 전장에서 큰 힘을 발휘하는 백만 군대보다 더 낫다.

* 어떤 경우든 냉정한 이성과 침착성을 잃지 않는 사람은, 어떤 싸움에서도 지지 않습니다.

May 005

순결은 아침 이슬과 같다

It is not because things are difficult that we do not dare; it is because we do not dare that they are difficult.

어렵기 때문에 안 하려고 하는 것이 아니라 하지 않기 때문에 어려워지는 것이다.

Lucius Annaeus Seneca(로마의 정치가, 철학자, 시인)

순결은 아침 이슬과 같다. 순결은 금욕이거나 절제이다. 여자의 으뜸가는 영광은 마음과 행동의 순결이다. 순결은 여성의 미덕이고 진실은 남성의 덕목이며 둘 다 명예의 필수 요소다. 열렬하라. 그러나 순결하라. 순결을 지켜서 항상 남편 곁을 떠나지 않는 여자는 하룻밤만이 아니라 매일 밤 그의 새색시이다. 여전히 사랑과 두려움으로 살며시 잠자리에 들어가 하나뿐이 아니라 많은 처녀성을 그에게 바친다. 순결하고 덕망 있는 여인과 같이 값진 보물은 이 세상에 없다.

* 육체의 순수성을 지키는 것만큼 고결한 일은 없습니다.

May 006

미는 바라보는 사람의 눈 속에 있다

The greatest mistake you can make in life is be continually fearing you will make one.

우리가 인생에서 범하는 가장 큰 과오는 잘못을 저지르지 않을지 끊임없이 걱정하는 것이다.

Elbert Hubbard (미국의 작가, 아티스트, 철학자)

미는 순결의 꽃이요, 신의 미소요, 화음이요, 사랑의 자녀이고 연인의 선물이다. 미란 우리가 알 수 없는, 미 자체보다 더 깊은 근원에서 발산되는 것이다. 진리는 현자를 위해 존재하고 미는 다정다감한 마음을 위해 존재한다. 아름다운 것! 그것은 마음의 눈으로 볼 수 있는 미이다. 아름다운 것은 선하고 선한 자는 곧 아름다워진다. 여인의 아름다움은 남성의 기지와 마찬가지로 일반적으로 소유자의 운명을 결정한다. 우아함이 없는 아름다움은 미끼 없는 낚싯바늘이다.

*아름다운 마음을 가꾸는 사람은 아름다운 외양을 갖추게 됩니다.

May 007

아름다움의 가치는 영원하다

Man lives freely only by his readiness to die.

죽을 각오가 되어 있다면 자유롭게 살 수 있다.

Mohandas Karamchand Gandhi(인도의 변호사, 종교가, 정치 지도자)

아름다움은 대변자 없이 스스로 남의 눈을 끄는 힘을 가지고 있다. 아름다운 것은 영원한 기쁨이다. 아름다움의 가치는 늘고 그것은 절대 변하지 않을 것이다. 아름다움은 우리를 위해 조용히 침실을 지켜 달콤한 꿈과 조용한 숨소리로 충만된 잠을 자게 할 것이다. 아름다운 것은 미의 힘 때문에 바르게 보이며 연약한 것은 약하기 때문에 그르게 생각된다. 아름다움이 탁월할 때는 그 어떤 웅변가도 벙어리가 된다. 아름다움은 눈만을 즐겁게 해주지만 고운 마음씨는 영혼을 매혹한다. 뛰어난 아름다움이 많은 재산보다 낫다.

*마음을 울리는 아름다움을 지니는 건 천금 보화를 가진 것보다 값진 일이다.

May 008

꾸미지 않은 아름다움

Change is the law of life. And those who look only to the past or present are certain to miss the future.

변화는 인생의 법칙이다. 과거와 현재밖에 보지 않는 사람은 확실하게 미래를 잃고 만다.

John Fitzgerald Kennedy(미국의 35대 대통령)

겉치레는 가장 쓸데없는 것임을 상기하라! 아름다움은 겉치레가 필요치 않고 꾸미지 않았을 때가 가장 아름답게 꾸며진 것이다. 개성적인 아름다움은 다른 어떤 소개장보다도 더 훌륭한 추천장이다. 이 세상의 아름다움은 두 개의 날을 갖고 있다. 그 하나는 웃음이고 하나는 괴로움이다. 아름다움은 헛되고 믿지 못할 행운일 뿐, 갑자기 사라지는 빛나는 광채, 봉오리 지자 이내 시드는 꽃, 곧 깨지는 덧없는 유리병이다. 이는 순식간에 잃게 되고 사라지며 깨지고 시드는 못 믿을 행운이요, 광채요, 유리병이요, 꽃이다. 아름다움은 날개가 있어 너무나도 성급히 날아간다.

* 겉만 꾸미는 아름다움은 영원한 가치를 지닐 수 없다.

애정은 부메랑이 되어 돌아온다

This is the mark of a really admirable man: steadfastness in the face of trouble.

고난이 닥쳐도 동요하지 말자. 그것은 칭송받아 마땅한 인물이라는 증거이다.

Ludwig van Beethoven(독일의 작곡가)

구르는 돌에 이끼가 끼지 아니하듯 방황하는 마음엔 애정이 깃들지 않는다. 애정은 우울처럼 사소한 것을 확대한다. 아름다운 여인은 스스로 아름답다고 교만하여 아름답게 여겨지지 않는다. 대부분의 애정은 우리에게 끝내는 용기가 부족해서 생기는 습관 혹은 의무이다. 애정은 멀리서 보면 매끄럽지만 가까이서 보면 거친 풍경과 같다. 헛된 애정이었다고 말하지 마라! 애정은 절대 낭비되지 않는다. 만일 그것이 상대방의 마음을 풍부하게 하지 못한다 할지라도 흐르는 물처럼 빗물이 되어 다시 샘으로 돌아와 새로움으로 가득 채우게 된다.

* 완전하지 않은 애정은 있지만, 쓸모없는 애정은 없습니다.

May 010

증오는 두려움의 결과다

Anyone who has never made a mistake has never tried anything new.

좌절을 경험하지 못한 사람은 전혀 새로운 것에 도전한 적이 없다는 것을 의미한다.

Albert Einstein(이론 물리학자, 노벨 물리학상 수상)

증오의 눈보다 더 날카로운 눈은 없다. 증오는 가슴에서 나오고 경멸은 머리에서 나온다. 모든 슬픔은 자기의 최후를 두려워하고 고통이 가라앉을 그날을 두렵게 생각한다. 사람은 자기가 두려워하는 사람을 미워한다. 스스로 아는 것이 적으면 많이 아는 사람을 미워하며, 가장 많이 칭찬받는 자가 가장 많이 미움받는다. 증오는 공포이고 공포는 뿌리도 열매도 똑같이 좀먹는다. 미워하지 말고, 두려워하지 말고 당당히 맞서라.

* 내가 가지지 못한 것이 내 마음을 위협하고, 또 그로부터 미움이 발생합니다.

May 011

마음을 닦는 사람은 스스로 빛이 난다

Many of life's failures are people who did not realize how close they were to success when they gave up.

인생에 실패한 사람의 대부분은 포기한 순간 자신이 얼마나 성공에 가까이 갔는지 깨닫지 못한 사람이다.

Thomas Edison(미국의 발명가, 기업가)

옛날 자기 몸을 잘 보존한 사람은 언변으로 지혜를 꾸리려 하지도 않았고, 지혜로서 천하의 이치를 다 알려 하지도 않았고, 지혜로서 자연의 덕을 다 알려 하지도 않았다. 오로지 홀로 몸을 바르게 하여 자기의 본성으로 돌아가려 했을 뿐, 어떤 인위적인 노력도 하지 않았다. 남의 선을 보거든 나의 선을 찾고, 남의 악을 보거든 나의 악을 찾아라. 마음을 수양하는 데는 욕심을 적게 함보다 더 좋은 방법은 없느니라. 마음을 잘 가꾸는 사람은 육체에 대하여 물질의 이득을 돌보지 않으며 도를 체득한 사람은 마음마저 잊는다.

* 진정한 도에 이른 사람은 그 어떤 것도 꾸미려 하지 않습니다.

도는 자연의 법칙을 좇는다

We are born, so to speak, twice over; born into existence, and born into life.

우리는 이 세상에 두 번 태어난다. 한 번은 존재하기 위해, 두 번째는 살기 위해서다.

Jean-Jacques Rousseau(스위스 제네바 출신의 프랑스 철학자, 사회학자)

세상에 도가 행해지면 나와 활동하고, 도가 없으면 초야에 묻혀 지내야 한다. 나라에 도가 행해질 때 가난하고 천한 것은 수치이며, 나라에 도가 없을 때 부귀한 것은 수치이다. 세상에 통용되는 도는 군신과 부자와 부부와 형제와 교우의 다섯이고, 덕은 지와 인과 용의 셋이다. 도는 시작도 없고 끝도 없지만, 사물에는 생과 사가 있다. 도는 연못같이 고요하고 냇물같이 맑다. 마음에서 마음으로 전할 수는 있으나 손으로 주고받을 수는 없으며, 마음으로 체득할 수는 있으나 눈으로 볼 수는 없다.

* 순리를 잃고 헤매는 세상에서, 나 자신의 깨우침만이 구원입니다.

May 013

도는 남을 위하는 데에 있다

Real life is, to most men, a long second-best, a perpetual compromise between the ideal and the possible.

현실의 삶이란 대부분의 사람에게는 긴 차선책의 인생이다. 즉, 이상과 가능성과의 영원한 타협이다.

Bertrand Arthur William Russell(영국의 철학자, 노벨 문학상 수상)

도가 하나로 온전할 때에는 순박하게 나타나고 흐트러지면 혼탁한 듯이 보인다. 그러나 혼탁한 듯해도 점차 청정하게 되고 빈 듯해도 점차 참으로 되돌아온다. 모든 사람은 죽는 것을 싫어하고 사는 것을 즐거워하며, 덕을 좋아하고 이득을 따른다. 도는 사람이 밟아서 행해야 할 바로 한시도 떨어질 수가 없고, 덕은 사람이 도를 행하여서 자기 심신에 얻은 바가 있는 것이며, 인은 자애의 이치로서 사랑하는 것이고, 의는 사람이 일을 처리하는 데 각각 그 마땅한 방법으로 하는 것이며, 예는 사람이 몸소 행해야 하는 태도와 행동이다. 이 다섯 가지는 언제나 어울려 있으며 그중 하나라도 없어서는 안 된다.

*도, 덕, 인, 의, 예는 본디 한 몸입니다.

May 014

분수를 아는 것이 현자의 길이다

One needs unhappiness, or poverty or sickness, or else one gets conceited directly.

인간에게는 불행, 가난, 병이 필요하다. 그렇지 않다면 모든 인간은 자만에 빠진다.

Ivan Sergeevich Turgenev(러시아의 소설가)

모든 사람은 자기의 분수를 지켜야 한다. 분수 안에서 사는 자는 도를 행하고, 분수 밖의 것을 탐내는 자는 재물을 모으려 한다. 도를 행하는 자에게는 광명이 따르고, 재물을 모으려 애쓰는 자는 남의 물건을 빌려 파는 장사꾼과 같다. 분수에 넘친 생각은 한낱 정신만 상하게 할 뿐이요, 망령된 행동은 도리어 재앙만 불러일으킨다. 임금이 임금답고 신하가 신하다우면 나라의 상하가 다 태평하고, 남편이 남편답고 아내가 아내다우면 집안이 다 경사롭다. 덕이 적으면서 지위가 높고, 지혜가 없으면서 도모하는 것이 크다면 화를 당하지 않을 이 드물 것이다.

* 큰 인물은 자기 그릇을 알고, 그에 비추어 큰 욕심을 부리지 않습니다.

May 015

사람을 사람답게 만드는 것은

If today were the last day of my life, would I want to do what I am about to do today?
만약 오늘이 삶의 마지막 날이라면, 지금 하고자 하는 것이 정말 자신이 하고 싶어 하는 것일까?

Steve Jobs(미국의 실업가, 애플 창업자)

사람으로서 어질지 못하면 예를 배워서 뭐하며 사람으로서 어질지 못하면 즐거움은 배워서 뭐하랴. 인이란 마음속으로부터 홀연히 남을 사랑하게 됨을 뜻한다. 그처럼 남을 좋아하면 복을 받게 되고 남을 미워하면 화를 당하게 된다. 물과 불은 기운은 있되 생명이 없고, 풀과 나무는 생명은 있되 지각이 없고, 새와 짐승은 지각이 있되 의로움이 없다. 사람은 기운도 생명도 지각도 의로움도 있으니 천하에서 가장 귀한 것이다. 인은 사람이 편안히 살 집이요, 의는 사람이 걸어갈 바른 길이다.

*사람을 사람답게 만드는 것은 의로움입니다.

May 016

중용을 지키라

Love the life you live. Live the life you love.

자신의 삶을 사랑하라. 자신이 사랑하는 인생을 살자.

Bob Marley(자메이카 레게 뮤지션)

만사에서 중용이 으뜸이다. 한쪽으로 치우치지 않는 것을 중이라 하고 바꾸지 않는 것을 용이라 한다. 중용이란 하늘과 땅 사이에 정정당당하여 상하좌우로 막힘이 없는 정리이며 정도이고 실리다. 즐거움도 괴로움도 적절한 선에서 통제해야 할 감정이다. 정열에 휩쓸려서 수치스러울 만큼 정도를 지나쳐서는 안 된다. 많은 사물 중에서 가운데가 제일이다. 자신의 중심을 지켜라.

* 적절한 정도를 지키는 것은 자신을 지키기 위해 갖출 최선의 지혜입니다.

품위 있고 예의 바른 것은 시민의 품격

Laugh, and the world laughs with you; weep, and you weep alone.

당신이 웃으면 세계는 당신과 함께 웃는다. 당신이 울면 당신 혼자서 울어야 한다.

Ella Wheeler Wilcox(미국의 여성 작가, 시인)

예의는 모든 문을 여는 열쇠이다. 위대한 인물일수록 예의 바르게 행동함으로써 비용을 안 들이며 모든 것을 얻는다. 가정에 예가 있으므로 장유가 분별 되고, 집안 간에 예가 있으므로 삼족이 화목하게 되고, 조정에 예가 있으므로 관직에 질서가 있게 되고, 사냥에 예가 있으므로 군사가 숙달되고, 군중에 예가 있으므로 무공이 성취된다. 하늘과 땅은 생명의 근본이요, 선조는 종족의 근본이요, 임금과 스승은 다스림의 근본이다. 이는 예의 세 가지 근본이다. 하늘과 땅이 없다면 어떻게 다스려지겠는가? 예란 항상 오가야 하는 것으로 가고 오지 아니함은 예가 아니요, 오가지 아니함 또한 예가 아니리라.

* 예의는 가장 기본적인 덕목이자, 모든 관계의 바탕입니다.

May 018

경솔은 행운과 짝을 이룰 수 없다

It is only with the heart that one can see rightly; what is essential is invisible to the eye.

마음으로 보지 않으면 대상을 제대로 볼 수 없다. 중요한 것은 눈이 아니다.

Saint Exupery(프랑스 작가 조종사)

모든 일에서 서두름은 실패의 어버이다. 물을 마셔도 급히 마시면 체한다. 서둘러서 씨를 뿌리는 자는 미숙한 결실을 거둔다. 경솔은 피어나는 청년기의 자질이요, 신중은 결실의 노년기 자질이다. 제때가 아닌데 꽃피는 나무의 열매는 먹을 수가 없다. 인생의 가장 큰 암살자는 때가 되기 전에 일을 해내려는 욕심이다.

*설익은 열매가 배탈을 일으키듯, 너무 앞서가려는 욕심이 일을 그르칩니다.

May 019

행동보다 말이 쉽다

The more the marbles wastes, the more the statue grows.

남은 대리석이 깎여 나가면서 조각은 성장한다.

Michelangelo(이탈리아 르네상스 시대의 예술가)

언어는 대지의 딸이며 행동은 하늘의 아들이다. 언어는 풍파와 같고 행동은 마음을 떠나기 쉽다. 풍파 같은 말은 움직이기 쉽고, 마음을 떠난 행동은 몸을 위태롭게 하기 쉽다. 빛깔은 아름다우나 향기 없는 꽃처럼 말이 훌륭해도 실천이 없으면 결실이 없다. 말은 친절하나 행동은 원수처럼 하는 이중인격자는 어디서든 미움을 받는다. 행동으로 완결되지 못하는 말은 모두 헛되다.

* 자기 말에 책임지지 않는 사람은, 그 어떤 말로도 자신의 정당성을 주장할 수 없습니다.

May 020

군자의 세 가지 즐거움

Little things console us because little things afflict us.

사소한 것이 우리의 위안이 되는 것은 사소한 것이 우리를 괴롭히기 때문이다.

Blaise Pascal(프랑스 철학자, 사상가, 수학자)

군자는 정의를 바탕으로 삼고 예의에 따라 행동하며, 겸손한 말로서 뜻을 나타내고 신의로서 이를 달성한다. 군자에게는 세 가지 다른 모습이 있다. 멀리서 바라보면 의젓하고 그에게 가까이 이르면 온후하며, 그 말소리를 들으면 엄정하다. 군자가 경계해야 할 것이 있으니 다음과 같다. 젊어서 혈기가 잡히지 않았을 때에는 여색을 삼가야 하고, 나이 들어서 혈기가 왕성할 때에는 싸움을 삼가야 하며, 늙어서 혈기가 쇠하였을 때에는 물욕을 삼가야 한다. 또 군자에게 세 가지 즐거움은 부모가 모두 살아계시고 형제들이 무고한 것이 첫째요, 우러러 하늘에 부끄러울 것이 없고 굽어보아 사람에게 부끄러울 것이 없음이 둘째요, 천재의 뛰어난 인재를 모아 교육하는 것이 셋째 즐거움이다.

* 물욕과 호승심, 삿된 명예욕을 다스려 도에 이르면 이를 군자라 합니다.

May 021

남의 것을 탐하지 마라

Listen to what you know instead of what you fear.

당신이 두려워하고 있는 것이 아니라 당신이 알고 있는 것에 귀를 기울여라.

Richard Bach(미국의 작가「갈매기의 꿈」 저자)

난쟁이가 산꼭대기에 선다 해서 커지지는 않는다. 거인은 우물 속에 서도 자신의 키는 그대로이다. 준마는 하루에 천 리를 달릴 수는 있으나 쥐를 잡는 데는 고양이나 족제비만 못하고, 올빼미는 밤이라도 벼룩을 잡고 털끝을 고를 수 있으나 낮에는 눈을 뜨고 산조차 보지 못한다. 이는 사물에 따라 그 본성이 다르기 때문이다. 물오리의 다리는 비록 짧으나 이를 늘려준다면 슬퍼할 것이요, 학의 다리는 비록 길지만 이를 잘라준다면 슬퍼할 것이다. 그러므로 길게 타고난 것은 자를 것이 못되며 짧게 타고난 것은 길게 해줄 것이 못 된다. 그렇게 해도 근심을 없애주지 못하기 때문이니라.

*자기 생김새를 인정하고 그에 맞는 자족적인 삶을 사는 것이 이롭습니다.

May 022

정직은 최선의 정책이다

We are healed of a suffering only by experiencing it to the full.

우리의 고뇌는 철저하게 경험함으로써 치유된다.

Marcel Proust(프랑스의 작가)

정직은 최선의 정책이다. 그러나 그 금언의 지배를 받는 자는 정직한 사람이 아니다. 효과 없는 정직은 남을 괴롭힌다. 정직한 인간은 하느님이 만든 가장 고상한 피조물이며 정직만큼 값진 유산은 없다. 정직한 길을 걸어가는 데에는 너무 늦다는 법이 없다. 정직한 자는 세계의 시민이다. 벗들이여, 우리가 신에게 정직하면 우리는 서로에게 정직하리라. 정직한 사람은 모욕을 주는 결과가 되더라도 진실을 말하며, 잘난 체하는 자는 모욕을 주기 위해서 진실을 말한다.

* 정직한 말은 사람을 현혹하지 않습니다.

May 023

양심은 정의가 무엇인가를 알려준다

Life is not fair; get used to it.

인생은 공평하지 않다. 그 사실에 익숙해 져라.

William Henry Bill Gates(미국의 실업가, 마이크로 소프트사의 공동 창업자)

인간의 마음에는 허영심이 도사리고 있다. 허영이 어머니라면 뽐냄은 사랑스러운 딸과 같다. 허영은 죄악이요, 뽐냄은 형벌을 부른다. 전자를 이기주의의 근원이라 칭한다면 후자는 그 열매다. 허영심이 강한 사람은 자만하기 쉽고 실제로 자기는 모든 사람에게 귀찮은 존재임에도 불구하고 모든 사람에게 즐거움을 준다고 망상하기 쉽다. 허영심에서 오는 슬픔은 아무도 동정하지 않는다. 긍지 있는 삶을 갈망하는 자는 자기의 허영심을 버려야 한다.

* 남에게 콧대를 높이고 싶은 마음, 즉 허영심은 자기 코를 못나게 만듭니다.

May 024

시기심은 결국 자신을 갉아먹는다

There are two tragedies in life. One is not to get your heart's desire. The other is to get it.

인생에는 두 가지 비극이 있다. 하나는 바람이 이뤄지지 않는 것. 또 하나는 바람이 이루어지는 것이다.

George Bernard Shaw(아일랜드 극작가 노벨 문학상 수상)

시기와 분노는 생명을 단축한다. 시기심은 불꽃처럼 위로 치솟으며 자신의 화살로 자신을 죽인다. 세상 사람들은 나보다 나은 사람을 싫어하고 나에게 아첨하는 자를 좋아한다. 모든 격정 중에서 가장 추악하고 반사회적인 것은 시기심이다. 시샘은 증오보다 더욱 비타협적이다. 동정은 살아 있는 자를 위한 것이요, 시기는 죽은 자를 위한 것이다. 거지는 거지를 시기하고, 시인은 시인을 시기한다. 나 자신의 실망은 견딜 수 있어도 남의 희망은 참을 수 없다는 것이 바로 시기심이다.

* 시기심은 좀벌레와 같이 결국 내 삶을 갉아 먹는 감정입니다.

May 025

진정한 용기는 양심에서 우러나온다

The snake which cannot cast its skin has to die. As well the minds which are prevented from changing their opinions; they cease to be mind.
탈피하지 못하는 뱀은 죽는다. 의견을 바꾸지 못하는 정신 또한 마찬가지다. 그것은 정신이 아니게 된다.

Friedrich Nietzsche(독일의 철학자, 고전문헌학자)

기운을 내라. 최악은 언제든지 온다. 용기는 허세의 옷으로만 만들어지지 않는다. 용기는 전쟁터에서만 알아볼 수 있고 지혜는 분노에 사로잡혔을 때만 알아볼 수 있다. 용기가 없다는 뜻은 남보다 먼저 겁냄을 말하는 것이 아니라 어려움을 당하여 이를 잃는 것을 말함이다. 진정한 용기란 자기가 모든 세상 사람 앞에서 행할 수 있는 일을 아무도 안 보는 데에서 하는 것이다. 용기는 자기를 회복할 수 있는 능력에서 나온다.

*자기 자신을 믿지 않는 사람은 결코 용감해질 수가 없습니다.

May 026

용기 있는 사람으로 살라

The snake which cannot cast its skin has to die. As well the minds which are prevented from changing their opinions; they cease to be mind.
탈피하지 못하는 뱀은 죽는다. 의견을 바꾸지 못하는 정신 또한 마찬가지다. 그것은 정신이 아니게 된다.

Friedrich Nietzsche(독일의 철학자, 고전문헌학자)

겁쟁이는 죽기 전에 여러 번 죽지만 용감한 자는 단 한 번 죽음을 맛본다. 용감한 사람은 대중의 칭송을 구하지 아니하며 무력으로 압도를 당하더라도 자기의 명분을 버리지 않는다. 비록 실패하더라도 부끄러워하지 않으며 최선을 다할 뿐이다. 의를 지키는 사람은 이득으로 속일 수 없고, 용기 있는 사람은 두려움으로 위압할 수 없다. 마치 굶주리고 목마른 사람에게 빈 그릇을 내밀며 속일 수 없는 것과 같다.

* 용감한 사람을 제압할 수 있는 사람은 아무도 없습니다.

겸손한 자는 남을 배려한다

Take a chance! All life is a chance. The man who goes the farthest is generally the one who is willing to do and dare.

위험에 도전하라. 인생은 모두 기회다. 가장 멀리까지 가는 사람은 대부분 대담하게 행동하는 의욕적인 사람이다.

Dale Carnegie (미국의 실업가, 작가, 세미나 강사)

참된 겸손은 모든 미덕의 근본이자 신이 우리에게 재물을 바치기 바라는 제단이다. 자신의 공로를 과대평가하지 말아야 하듯이 과소평가하거나 은폐하지도 마라. 겸손은 미덕일지라도 겸손을 가장한 미덕은 미덕이 아니기 때문이다. 자신을 낮추고 남을 높이며, 상대방을 앞에 두고 자신을 뒤에 서게 하라. 겸허한 자는 재능이 있으면서도 재능이 없는 자에게 묻고, 지식이 있으면서도 지식이 없는 자에게 물으며, 있어도 없는 듯이 하고, 차 있으면서도 빈 것처럼 보이며, 침해를 당하고서도 반항하지 않는다.

* 자신의 능력과 모자람을 함께 아는 사람만이 진정한 겸손의 미덕을 지닙니다.

능력이 부족할수록 자만심이 강하다

I am an optimist. But I'm an optimist who takes his raincoat.

나는 낙관주의자다. 그러나 나는 레인 코트를 가지고 있는 낙관주의이다.

James Harold Wilson(영국의 전 수상)

긍지와 자만은 비슷하지만 다르다. 경쟁 속에서 아름답게 이루어지는 것 없고, 자만 속에서 고상하게 이루어지는 것 없다. 교만한 자는 패망의 선봉이요, 거만한 마음은 넘어짐의 앞잡이다. 자기 부하의 피와 자기 친구의 희생에서 얻는 겸양은 갈채를 받는 자의 지참금임이 틀림없다. 탐욕스러운 자는 재산이 쌓이지 않으면 근심하고, 교만한 자는 권세가 늘어나지 않으면 슬퍼한다. 하는 일이 잘되고 못됨에 따라 오만해지고 겸손해지는 건 얄팍한 인품을 증명하는 길이다.

* 자기 자신을 잘 모르는 사람일수록 허황된 자만심에 눈이 멀고 맙니다.

May 029

인생의 본질은 이해에서 시작된다

Life isn't about finding yourself. Life is about creating yourself.

인생이란 자신을 발견하는 것이 아니다. 인생이란 자신을 창조하는 것이다.

George Bernard Shaw(아일랜드 극작가, 노벨 문학상 수상자)

남이 나를 인정해 주지 않음을 걱정할 것이 아니라 내가 남을 이해하지 못할까를 걱정하라. 상처 입은 사람이 당신의 마음을 읽을 수 있다면 그는 당신을 이해하고 용서할 것이다. 이해는 시인의 시작이다. 말에 의하여 이해하지 못함을 마음에 의해 이해하려 하지 말며, 마음에 의하여 이해하지 못함을 기에 의해 이해하려 하지 마라. 고기로 배를 채워도 소화되지 아니하면 무슨 소용이 있겠는가. 모든 사람이 같은 것을 보더라도 똑같이 이해하지 않는다.

* 이해받고자 노력하기보다는 내가 남을 먼저 이해하는 능력을 지녀야 합니다.

편견은 얻기 쉬우나 버리기는 어렵다

Things may come to those who wait, but only the things left by those who hustle.

기다리고만 있는 사람에게도 무슨 일이 일어날 수는 있겠지만, 그것은 노력한 사람들의 잔여물일 뿐이다.

Abraham Lincoln(미국의 제16대 대통령)

편견은 무지의 자식이며 인간의 편견보다 더 억센 고집은 없다. 어떤 사실에서 등을 돌리지 마라. 한쪽 면만 채색하게 될 것이다. 사람들은 누구나 자기의 지혜로 알 수 있는 것만 존중하며, 자기가 좋아하는 것은 신기하다 하고 싫어하는 것은 썩었다 한다. 그러나 썩은 것이 다시 변하여 신기한 것이 되고, 신기한 것이 변하여 썩은 것이 된다. 한 면만을 보고 다른 면을 보지 않는다면 사물에 대해서 온전히 이해했다고 할 수 없다. 사람에 대해서도 마찬가지다.

* 편견에 빠지지 않으려면 모든 현상을 여러 가지 면으로 둘러 볼 수 있는 입체적인 시각을 지녀야 합니다.

May 031

관점의 차이

The best way to predict the future is to create it.

미래를 예측하는 최선의 방법은 미래를 창조하는 것이다.

Peter Ferdinand Drucker(오스트리아 출신의 경영학자)

사람은 모든 것을 인위적으로 행하려 한다. 자연스러움을 즐겁게 받아들이지 못하는 습관은 자신의 관념을 정당화하려는 속셈이다. 사람은 태어나면서부터 항상 우울한 것이다. 우울하므로 행복은 조금밖에 취할 수 없다. 모든 사람이 성공하고 행복하다면 인생이 재미있고 활기찰까? 실상 우리는 가지려고만 할 뿐 베풀며 살지 못하기 때문에 불행하다고 생각한다. 그래서 작은 것에 행복하고 즐거워하는 것이다. 하는 일마다 긍정이라면 인생은 더 우울할 것이다. 다 이루었다고 느낄 때 인간은 멈추고 만다.

* 부정도 긍정 못지않게 훌륭합니다. 다만 그것을 보는 시각이 문제입니다.

세상 모든 현상이
나를 위해 존재한다는
생각을 지니면
감사하지 않을 것이 없습니다.

June

June 001

너그러움은 타인에 대한 인내

Whether you believe you can do a thing or not, you are right.

할 수 있다고 생각하면 할 수 있고, 할 수 없다고 생각하면 할 수 없다. 어느 쪽이든 당신은 옳다.

Henry Ford(미국 포드자동차 창업자)

도량은 경험으로 넓혀지는 것이 아니다. 너그러운 사람은 받았다고 무조건 내놓지 않는다. 너그러움은 많은 것을 주는 것보다는 때맞춰 주는 데 존재한다. 만물에 순응하는 사람에게는 만물이 스스로 들어오고 만물과 대립하는 자는 자기 한 몸조차 받아들이지 못한다. 자기 자신도 받아들이지 못하는 사람이 남을 용납할 수 있을 리 없다. 남을 용납하지 못하는 사람에게는 친한 사람이 없고, 친한 사람이 없으면 모두가 남이다. 너그러운 아량은 흉포함을 달래는 치료약이다.

* 나와 다른 생각을 지닌 사람을 끌어안는 것, 그것이 도량이자 너그러움입니다.

June 002

용서를 받으려면 용서하라

I count him braver who overcomes his desires than him who conquers his enemies; for the hardest victory is over self.

나는 적을 이긴 사람보다 자신의 욕망을 극복한 사람이 더 용감해 보인다. 자신에게 이기는 것이야말로 진정 어려운 승리기 때문이다.

Aristoteles(고대 그리스 철학자)

용서하는 것은 복수보다 낫고 아름답다. 많이 용서하는 자는 많이 용서받는다. 남은 자주 용서하되 자신은 결코 쉬이 용서하지 마라. 용서란 깨어진 것이 다시 온전히 만들어지고 더러워진 것이 다시 깨끗해지는 어린이의 기적과 같은 꿈에 대한 회답이다. 모든 것을 다 아는 사람은 아무것도 모르며, 모든 것을 다 용서하는 사람은 아무것도 용서하지 않는 것이다. 용감한 사람만이 용서할 줄 안다. 겁쟁이는 절대 용서하지 않는다. 지극히 어리석은 사람도 남을 책망하기엔 밝고, 지혜를 지닌 이일수록 자기 용서엔 어두워지는 법이다. 남을 책망하는 마음으로 자기를 책망하고, 자기를 용서하는 마음으로 남을 용서하라.

* 소인은 자신에게 관대하고, 대인은 남에게 관대합니다.

June 003

감사는 기적을 창조한다

Success is most often achieved by those who don't know that failure is inevitable.

성공은 대부분의 경우 실패가 불가피하다는 것을 모르는 사람에 의해 성취된다.

Coco chanel(프랑스의 여성 패션 디자이너)

감사는 마음의 기억이며 훌륭한 교양의 열매이다. 감사는 즉석에서 행하는 것이 유쾌하고 좋다. 몸에 한 가닥 실오라기를 감았거든 항상 베 짜는 여인의 수고를 생각하고, 하루 세 끼니의 밥을 먹거든 농부의 노고를 생각하라. 감사하는 마음은 항상 활기 넘치는 사랑스러움의 꽃 속에 있다.

* 세상 모든 현상이 나를 위해 존재한다는 생각을 지니면 감사하지 않을 것이 없습니다.

June 004

짧은 인생을 즐겨야 한다

I can think of nothing less pleasurable than a life devoted to pleasure.

쾌락에 젖어 있는 인생만큼 재미없는 삶은 생각나지 않는다.

John Davison Rockefeller, Jr(미국의 실업가, 자선가)

인간이 세상에서 사는 기간은 지극히 짧은 것이므로 사는 동안 적어도 즐겁게 지내야 할 것이다. 당신의 능력은 지능에 의해 결정되는 것이 아니다. 지성의 올바른 척도는 교육이나 학력이 아니라 하루하루, 순간순간을 효과적이며 행복하게 보내는 생활이다.

* 오늘 하루의 가치를 소중히 여겨야 알찬 인생을 살 수 있습니다.

June 005

유명한 것보다는 성실함이 더 좋다

If you do the work you get rewarded. There are no shortcuts in life.

일을 처리해야만 보수를 얻을 수 있다. 인생에 지름길은 없다.

Michael Jordan(미국의 농구 선수)

성실은 도덕의 핵심이다. 세 가지 성실한 친구는 늙은 아내와 늙은 개, 그리고 현금이다. 성실함은 하늘의 도요, 성실해지려고 노력함은 사람의 도리이다. 지식이 없는 성실성은 연약하고 쓸모없으며, 성실성이 없는 지식은 위험하고 두렵다. 성실성을 잃은 도덕은 웃음거리가 되고, 도덕성 없는 성실은 최선을 다한 사기 행위다. 매사에 헌신적 태도로 임하라. 성심을 다하지 않으면 구두 한 켤레도 제대로 만들 수 없다.

* 자기 일에 오롯한 정성을 기울이는 성실성은 모든 일의 기본이 되는 덕목입니다.

June 006

인격은 그 사람의 운명

Only put off until tomorrow what you are willing to die having left undone.

내일로 미뤄도 되는 것은 남겨놓고 죽어도 상관없는 것뿐이다.

Pablo Picasso(스페인 출신의 화가, 조각가)

인격이란 어둠 속의 사람 됨됨이이며 매일의 직무를 훌륭히 수행해 나가는 데서 만들어진다. 명성은 얻는 것이요, 인격은 주는 것이다. 보석은 재물로 얻을 수 있지만 인격은 정신에서 온다. 위대한 인격은 영원한 대리자를 삼기 위해 마련해준 신의 분배물이다. 재산을 잃을 땐 손실이 없다. 건강을 잃을 땐 약간의 손실이 있다. 명성을 잃을 땐 모든 것을 잃는다. 인생의 목표는 행복이 아니라 인격 도야이다. 인격을 씨 뿌려놓지 않고 어떻게 사상의 수확을 기대할 수 있는가?

* 올바른 성품을 만드는 일은 평생의 과업으로 삼아야 합니다.

June 007

사색은 지식을 쌓이게 한다

An investment in knowledge always pays the best interest.

지식에 투자하는 것은 항상 최대의 이익을 가져다준다.

Benjamin Franklin(미국의 정치가, 외교관, 물리학자)

나는 생각한다. 고로 나는 존재한다. 첫 번째 생각이 항상 최선의 것이 아니기에 두 번 생각하는 것은 현명한 일일 수 있다. 사색은 모든 언어보다 심원하며, 감정은 모든 사색보다 심원하다. 정신은 모든 것의 위대한 지렛대이다. 최고의 사상은 공동의 재산이다. 사고하는 것은 자신과 이야기를 나누는 것이다. 사람이 살아갈 궁리만 할 때는 고상한 생각을 하기 어렵다. 한밤중의 죽음과 같은 고요는 사색의 한낮이다.

*사색은 곧 자기 자신과의 대화입니다.

June 008

지혜는 스스로 발견해야 된다

The pessimist complains about the wind; the optimist expects it to change; the realist adjusts the sails.

비관주의자는 바람을 원망하고 낙관주의자는 바람이 바뀌길 기다린다. 현실주의자는 돛을 움직인다.

William Arthur Ward(미국의 작가)

지혜는 자신과 남을 다루는 도구이며 운명의 정복자이다. 지혜는 가치를 판단하는 일이다. 바람과 조수와 더불어 항해한다. 지혜는 우리에게 침착하고 온순하라고 하며 어리석은 짓을 삼가라 한다. 지식은 전달될 수 있지만, 지혜는 전달될 수 없다. 스스로 가장 행복한 사람이라고 믿는 자는 진정 행복하지만 스스로 가장 현명한 자라고 생각하는 자는 대부분 가장 미련한 자이다. 지혜는 옳고 그름이 무엇인지를 알려준다.

* 지혜는 측량하거나 양도할 수 있는 것이 아닙니다.

June 009

지혜에 그 어떤 보물보다 소중하다

A man who dares to waste one hour of time has not discovered the value of life.

한시간의 낭비를 아무렇지 않게 생각하는 사람은 인생의 가치를 아직까지도 발견하지 못한 사람이나.

Charles Robert Darwin(영국의 자연과학자, 「종의 기원」저자)

하늘이 무엇인지를 알고 사람이 무엇인지를 아는 사람은 최상의 지혜에 이른 것이다. 하늘이 무엇인지를 아는 자는 하늘의 뜻대로 살며, 사람이 무엇인지를 아는 자는 아는 지혜로서 모르는 지혜를 발전시킨다. 지혜가 없는 곳엔 행복이 없다. 지혜를 모으라. 자신을 방위하라. 청년기는 지혜를 연마하는 시기요, 노년기는 지혜를 실천하는 시기이다. 슬기로우나 정직하지 못한 사람은 잔꾀 많은 사기꾼에 불과하다.

* 영리한 머리에 참된 마음을 합해야 비로소 지혜롭다 할 수 있습니다.

June 010

재치는 값비싼 대가를 치러야만 빛이 난다

To be yourself in a world that is constantly trying to make you something else is the greatest accomplishment.
끊임없이 그대를 무언가로 바꿔놓으려는 세계 속에서 자신다움을 유지하는 것. 그것이 가장 훌륭한 위업이다.

Ralph Waldo Emerson(미국 사상가)

중요하게 여길 것은, 누구보다도 더 많이 안다는 것이 아니라 그때그때 만나는 한 사람, 한 사람보다 더 많이 안다는 것이다. 유리보다 매끄러운 것도 없지만, 그처럼 깨지기 쉬운 것도 없다. 재치보다 더 멋진 것도 없지만, 그처럼 변덕스러운 것도 없다. 기지는 대화의 소금이지 음식물은 아니다. 쾌활함과 기지는 사람을 동료들 가운데에서 빛나게 하지만 낡은 농담과 커다란 웃음소리는 사람을 익살광대로 전락시킨다.

* 순간적인 기지는 지혜를 돋보이게 하지만, 지혜 없는 재치는 경박한 장식에 불과합니다.

June 011

절제만이 인생에 매력을 준다

Learn from the mistakes of others. You can't live long enough to make them all yourself.

타인의 실패에서 배워라. 당신은 모든 실패를 할 수 있을 만큼 오래 살 수 없으니까.

Eleanor Roosevelt(미국의 대통령 영부인, 인권 운동가)

마음을 억제하라. 자문, 자각, 자제 이 세 가지만이 인생을 지상의 힘으로 인도한다. 다른 사람을 지배하려는 사람은 먼저 자기 자신의 주인이 되어야 한다. 분별 있고 조심성 있는 자제는 지혜의 근원이다. 이기利己를 아는 것이 진이요, 사리事理와 싸우는 것이 선이요, 사심을 극복하는 것은 미이다. 극기하라, 극기해야 한다. 그것은 결코 끝이 없는 노래다. 자신을 극복하는 힘을 가진 사람이 가장 강하다. 우리는 제각기 몸을 삼가라. 천명은 두 번 다시 오지 않는 것이다.

* 자신을 통제할 줄 아는 사람만이 세상을 내 것으로 만들 수 있습니다.

June 012

의지는 가장 유용한 지식이다

If you would not be forgotten as soon as you are dead, either write things worth reading or do things worth writing.

죽어서 잊혀지고 싶지 않다면 읽을 만한 글을 쓰거나 쓰여질만한 일을 하라.

Benjamin Franklin(미국의 정치가, 외교관, 물리학자)

우리의 육체가 정원이라면 우리의 의지는 정원사이다. 마음은 자신의 왕국이고 의지는 자신의 법률이다. 마음이 있는 곳에서만 보물이 발견될 수 있다. 의지와 지성은 하나이며 같은 것이다. 청하는 곳에 얻음이 있고 구하는 곳에 찾음이 있으며, 두드리는 곳에 활짝 열림이 있다. 마음은 부드러워야 하고 의지는 단단하여 굽힘이 없어야 한다. 큰 소리로 불러도 고작 백 보를 넘기지 못하지만, 뜻이 있으면 천 리가 넘어도 서로 통한다. 어려운 고비를 넘기면 쉬운 일이 생긴다. 뜻만 견고하면 이루어지지 않는 일이 없고, 의심만 하고 있으면 되는 일이 하나도 없다. 군자는 환난에 처하여도 근심하지 않고 권세 있는 사람을 만나도 두렵지 않다.

* 바른 마음에 굳은 의지를 보태면 해내지 못할 일이 없습니다.

June 013

사람은 스스로 믿는 대로 된다

Wise men learn more from fools than fools from the wise.

현자는 어리석은 자가 현자의 교훈에서 배우는 것보다 훨씬 많은 것을 어리석은 자에게서 배운다.

Marcus Porcius Cato(로마의 정치가 소 카토의 증소부)

신념의 근본은 인내이며 오늘날 인간의 마음을 괴롭히는 질병은 신념의 결핍이다. 신념 없는 부유한 남자들이 정조관념 없는 가난한 여자들보다 더욱 위험스럽다. 참된 신념을 위하여 생명을 바친다는 것은 거룩한 일이다. 신념은 억지로 생기는 것이 아니다. 용기를 보여주고 자신을 가져라.

* 자신을 믿는 마음은 세상에 대한 신념의 기초입니다.

June 014

인내는 희망하는 기술이다

Do not pray for easy lives. Pray to be stronger men.

안락한 삶을 바라지 마라. 보다 강한 인간이 되기를 바라라.

John Fitzgerald Kennedy(미국의 35대 대통령)

인내는 고귀한 덕이며 모든 고통의 최고 치료약이다. 인내는 아무 정원에서나 자라는 꽃나무가 아니다. 인내는 더 좋은 시절을 기다리는 마음이다. 지금의 고통을 견디면 그 고통은 차츰차츰 좋은 것으로 변할 것이다. 기다릴 수 있는 자에게 모든 것은 돌아온다. 당장에 치료할 수 없는 병은 참을 수밖에 없듯이 당장 해결할 수 없는 일은 견디는 수밖에 없다. 일이 힘들더라도 이를 악물어라.

* 인내는 내일에 대한 희망을 지키는 힘입니다.

June 015

인내심은 왕으로 받들 만한 모범이다

Life is like riding a bicycle. To keep your balance you must keep moving.

인생이란 자전거와 같다. 넘어지지 않기 위해서는 달릴 수밖에 없다.

Albert Einstein(이론 물리학자, 노벨 물리학상 수상)

한 송이의 포도나 무화과가 그러하듯이 위대한 것이 갑자기 만들어진 적은 없다. 포도 한 알을 얻으려면 시간이 필요하다. 우선 꽃을 피우고 열매를 맺고, 그러고 나서 익기를 기다려야 한다. 천자가 참으면 나라에 해가 없을 것이요, 제후가 참으면 나라가 커 나갈 것이고, 관리가 참으면 그 지위가 높아질 것이요, 형제가 참으면 집이 부귀하게 될 것이요, 부부끼리 참으면 일생을 해로하게 될 것이요, 벗끼리 참으면 의리가 허물어지지 않을 것이요, 자신이 참으면 다툼이 없으리라.

* 기다림을 해낼 줄 아는 사람만이 열매를 얻습니다.

June 016

마음이 흔들리면 판단력도 흔들린다

It's not the years in your life that count. It's the life in your years.

몇 살까지 살았는지는 중요하지 않다. 어떻게 살았는지가 중요하다.

Abraham Lincoln(미국의 제16대 대통령)

사람들은 언제나 떠들기를 좋아하며, 고요함 중에서의 즐거움은 알지 못한다. 물이 고요하면 수염과 눈썹까지 환히 비치며 수평을 이루어 목수도 이를 표준으로 삼을 정도다. 보지 말고 듣지 말며 정신을 고요히 유지하면 육체는 스스로 안정된다. 마음이 태연히 안정되면 자연의 지혜가 나타나며 자연의 지혜가 나타나면 자기의 참모습을 알게 된다.

* 고요함 가운데에서만 자기 내면의 목소리를 들을 수 있습니다.

June 017

근심은 손님처럼 왔다가 주인이 된다

The greatest use of life is to spend it for something that will outlast it.

삶을 가장 훌륭하게 쓰는 방법은 삶보다 오래 남을 것을 위해 쓰는 것이다.

William James(미국의 철학자, 심리학자)

지난날의 근심 걱정은 잊어버리고 오늘을 살아가라. 지금이 아닌 훗날에는 모든 지나간 잘못과 어리석은 행동이 잊힐 것이다. 보지 않으면 잊어버린다는 것은 친구뿐만이 아니라 원수에게도 해당하는 속담이다. 기억은 모든 것의 보고이며 보호자이다. 자주 보이지 않으면 기억에서 작아지고 기억에서 작아지면 고통도 작아진다. 망각과 침묵은 사자의 특권이다.

* 잊어야 할 일을 잊는 망각의 능력은, 현인이 갖출 최소한의 지혜입니다.

June 018

위대한 미덕은 자신을 아는 것이다

People don't realize how a man's whole life can be changed by one book.
한 권의 책이 인생을 완전히 바꿀 수 있는 힘이 있다는 것을 사람들은 이해 못한다.
Malcolm X(미국의 흑인 시민권 운동가)

남을 아는 사람은 지혜 있는 자이지만 자기를 아는 사람은 그보다 한 발짝 더 나아간 현자다. 남을 이기는 사람은 힘 있는 자이지만 자기 자신을 이기는 사람은 더욱 강한 사람이다. 나는 내가 무지하다는 사실 이외에는 아무것도 모른다. 자신을 안다는 것은 남이 알아준다는 것이다. 자신을 알 수 있는 사람이야말로 진정한 현인이다. 사람이 알아주지 않음을 근심 말고 자기의 능력이 모자람을 걱정하라.

*나를 모르고서 남을 안다고 할 수 없습니다.

June 019

자기를 내세워야 자신을 안다

It's never too late to be who you might have been.

되고자 원했던 자신이 되기에 너무 늦은 경우는 없다.

George Eliot(영국의 여류 작가)

어떤 일에도 제정신을 잃지 않는 사람은 잃을 정신을 갖고 있지 않은 것이다. 자기가 가고 있는 곳을 모르는 사람은 결코 높이 향하지 못한다. 자각 있는 생활의 최고 선물은 생을 포위하고 있는 신비의 지각이다. 빛이 밝아질수록 우리는 생각했던 것보다 자신이 더 나쁘다는 것을 알게 된다. 당신이 당신 자신을 알려거든 다른 사람이 어떻게 하나 보기만 하라. 당신이 다른 사람들을 이해하려거든 당신 자신의 마음속을 들여다보라.

*나를 이해한다는 것은 세상을 이해하는 첫 걸음입니다.

June 020

행동은 입보다 크게

Life isn't about finding yourself; it's about creating yourself. So live the life you imagined.

인생이란 자신을 발견하기 위한 것이 아니라 자신을 창조하기 위해서이다. 그러니 생각했던 대로의 인생을 살아라.

Henry David Thoreau(미국의 작가, 시인, 사상가. 『월든』의 저자)

당신 자신 이외에 당신에게 평화를 가져다줄 수 있는 것은 없다. 인간은 자기 자신 이외에는 누구도 생각해서는 안 된다. 인간은 무한한 자기 책임의 한복판에서 도와주는 사람 없는 이 세상에 버림받은 외톨이이다. 스스로 설정한 목적이 아니면 아무런 목적도 없다. 이 세상에서 자기 혼자 힘으로 만드는 운명 이외에는 다른 어떤 운명도 있을 수 없다는 것을 먼저 이해하지 않고서는 인간은 어떤 것도 꾀할 수 없다.

* 나를 책임질 수 있는 사람은 나 자신밖에 없습니다.

June 021

타인에게 온순하되 자신에게는 엄격하라

The shorter way to do many things is to do only one thing at a time.

많은 일을 해내는 지름길은 한 번에 한 가지 일만 하는 것이다.

Wolfgang Amadeus Mozart(오스트리아의 작곡가, 연주가)

남이 나를 정중히 대해주기를 바라거든 내가 먼저 남을 정중히 대해주어라. 자신을 좋게 꾸며 말하지 마라. 그러면 믿을 수 없는 사람이 될 것이다. 또 자신을 나쁘게 깎아내려 말하지 마라. 그러면 그 말대로 취급받을 것이다. 다른 사람을 헤아리려거든 먼저 자신을 헤아려보라. 남을 해치는 말은 도리어 나를 해침이니 피를 머금어 남에게 뿜자면 먼저 제 입이 더러워지는 법이다. 비판을 받지 아니하려거든 비판하지 마라.

* 내 입에서 나오는 모든 말들은, 나 자신의 겸손과 자긍심, 관용의 척도입니다.

June 022

일의 쾌감은 고됨을 잊게 한다

No wind serves him who addresses his voyage to no certain port.

목표가 없는 항해를 하고 있다면 아무리 바람이 불어도 도움이 되지 않는다.

Michel Eyquem de Montaigne(프랑스의 철학자)

일에 몰두하는 즐거움은 쾌락보다도 더 진한 것이다. 일은 우리의 마음에 깊은 흥미를 준다. 길이 서로 다르면 함께 일을 도모할 수 없다. 백 년을 살 것처럼 일하고 내일 죽을 것처럼 기도하라. 일한다는 것은 마치 우물을 파는 것과 같다. 비록 아홉 길을 팠다 할지라도 새 물이 나오는 데까지 미치지 못한다면 우물을 포기함과 같다. 자기가 할 일을 찾아낸 사람은 복이 있다.

* 내가 즐거이 할 수 있는 찾아, 그 일에 매진하는 삶이 행복합니다.

June 023

위대한 행동은 위대한 정신

It is the first of all problems for a man to find out what kind of work he is to do in this universe.

인간에게 최우선 과제는 이 세상에서 자신이 해야 할 일을 찾는 것이다.

Thomas Carlyle(영국의 사상가, 역사가)

행동은 마음의 의복으로 여겨진다. 불은 부싯돌을 치지 않으면 발생하지 않고, 부채질하지 않으면 활활 타지 않는다. 아름다운 몸매가 아름다운 얼굴보다 낫고, 아름다운 행실이 아름다운 몸매보다 낫다. 아름다운 행실이야말로 그 어떤 예술보다 아름다운 것이다. 우리는 사상을 씨 뿌려 행동을 거두고, 행동을 씨 뿌려 습관을 거두며, 습관을 씨 뿌려 성격을 거두고, 성격을 씨 뿌려 운명을 거둔다.

*사소한 행동이 습관이 되고, 습관이 모여 운명을 만듭니다.

잘못은 무지보다 더 나쁘다

Act as if what you do makes a difference. It does.

자신의 행동이 변화를 일으킬 것처럼 행동하라. 그러면 변화가 생길 것이다.

William James(미국의 철학자, 심리학자)

잘못을 저지르느니 지체하는 것이 낫다. 성공하거나 실패하거나 후환이 없는 것은 오직 덕 있는 사람이라야 가능하다. 범죄보다 더 나쁜 것, 그것은 큰 실수다. 지성인이라고 잘못을 저지르지 않는 것은 아니지만, 지혜로운 자는 그 잘못을 재빨리 만회할 줄 안다. 어떤 사람이 아첨을 양순한 성격으로 착각하고 있다는 것은 의심할 나위 없는 사실이다. 그러나 많은 사람이 성실을 무례로 오인하고 있다는 것도 똑같은 사실이다.

* 현자가 깨우쳐야 할 것은 잘못을 저지르지 않는 법이 아니라 잘못을 바로잡는 일입니다.

June 025

절제에서 진정한 행복이 온다

Act as if what you do makes a difference. It does.

자신의 행동이 변화를 일으킬 것처럼 행동하라. 그러면 변화가 생길 것이다.

William James(미국의 철학자, 심리학자)

절제는 선한 일에서의 중용이요, 악한 일로부터의 모든 금욕이다. 절제는 순결의 보모이며 모든 덕성의 진주 목걸이를 꿰는 비단 끈이다. 운동과 절제는 노인에 이르기까지 젊은 시절의 힘을 어느 정도 보존해준다. 진정한 행복은 절제에서 솟아난다. 우리가 즐길 수 있는 것을 삼가는 것이 이성적 쾌락주의다. 인생에서 가장 중요한 것은 무엇이건 너무 많은 것을 갖지 않는다는 것이다.

* 과욕이 참사를 부른다는 것은, 전 인류의 역사가 증명해주는 바이거니와 한 사람의 인생에서도 마찬가지입니다.

June 026

세상은 영원한 사소함이다

In order to write about life, first you must live it!

인생에 대해 쓰고 싶다면 우선 살아봐야 한다.

Ernest Hemingway (미국의 소설가, 노벨 문화상 수상)

세상은 한 권의 아름다운 책이다. 그러나 그 책을 읽을 수 없는 사람에겐 별 소용이 없다. 세상은 그 자체가 영원한 풍자화이다. 매순간 그것이 자처하는 바에 따른 냉소와 보순을 그려낸다. 이 세상은 생각하는 자에게는 희극이요, 느끼는 자에게는 비극이다. 세상은 대부분 바보와 악한으로 이루어지고 있다. 세상의 이치는 생각하면 얻고, 생각하지 않으면 잃는다. 우리의 영혼은 조화에 좌우되고 세상은 조화로 이루어졌다. 우리는 죄악과 슬픔으로 가득한 세상에서 함께 살고 있다.

* 세상은 아름다움과 추함, 선과 악의 이야기를 함께 다룬 한 권의 책과 같습니다.

June 027

이웃은 거울이다

What is important in life is life, and not the result of life.

인생에서 중요한 것은 사는 것이지 살아온 결과가 아니다.

Johann Wolfgang von Goethe(독일의 시인, 극작가, 정치가)

멀리 있는 물은 가까운 불을 끄지 못하고 멀리 있는 친척은 가까운 이웃만 못 하다. '이웃 사랑하기를 네 몸과 같이 하라. 네 이웃에 대해 거짓 증거를 말지니라. 네 이웃의 집을 탐내지 말지니라. 무릇 네 이웃의 소유를 탐내지 말지니라.' 행복은 불만큼 여러 모양으로 바뀐다. 하지만 자기 이웃의 만족은 여러 가지 감정을 불러일으킨다. 좋은 이웃은 행운을 주지만 나쁜 이웃은 옆에 두는 것만으로도 봉변을 당한다. 이웃을 가려 살고 벗을 가려 사귀라. 마을 인정이 어질고 후덕함은 참 장한 일이다. 어질고 후덕한 이웃을 가려 살아야 지혜로운 자라 할 수 있다.

* 가까이에 어떤 사람을 두느냐에 따라 삶의 평온과 안락이 보장됩니다.

June 028

습관은 모든 것의 지배자이다

After climbing a great hill, one only finds that there are many more hills to climb.

높은 산에 올라보면 다시 올라야할 수많은 산이 있다는 것을 발견한다.

Nelson Mandela(남아프리카 공화국 정치가, 노벨 평화상 수상자)

관습은 인간 생활의 위대한 안내자이다. 가장 현명한 생활이란 한 시대의 관습을 경멸하면서도 또한 그 관습을 조금도 깨뜨리지 않고 산다는 것이다. 관습은 무엇이 좋은가를 결정한다. 관습은 요람에서 만나 무덤에서 떠난다. 사람들은 저마다 다른 관계를 숭상한다. 그러나 모든 사람은 자기네들의 독특한 풍습의 유지를 숭상한다. 관습은 슬기로운 자들의 말썽거리요, 어리석은 자들의 우상이다. 오랜 관습은 쉽게 깨어지지 않는다. 자기 생활의 노선을 바꾸려는 시도는 공연한 노고에 지나지 않는다.

* 우리 삶을 지배하는 관습은, 지켜야 할 것이면서 얽매이진 말아야 할 것입니다.

June 029

도덕, 인간이 가야할 바른 길

Life isn't worth living, unless it is lived for someone else.

남을 위해 살아야만 인생에 가치가 있다.

Albert Einstein(이론 물리학자, 노벨 물리학상 수상자)

도덕은 원래 어떻게 하면 우리 자신을 행복하게 할 수 있느냐는 교리가 아니라 어떻게 하면 우리 자신을 행복의 명사로 만들 수 있는가 하는 교리이다. 도덕적인 것은 나중에 좋다는 것을 느끼는 것이며 비도덕적인 것은 나중에 나쁘다고 느끼는 것임을 알 뿐이다. 진실로 거룩한 말이 인간을 성스럽고 공정하게 만드는 것이 아니라 도덕적인 생활이 그를 하느님의 사랑을 받도록 만든다. 도덕의 창고를 열어놓으면 아무리 가난해지려고 해도 부자가 되지 않을 수 없으며, 도덕의 창고를 닫으면 아무리 부자가 되려고 해도 가난해지지 않을 수 없다.

* 도덕은 실천이 중요합니다.

June 030

낙천가는 우매하고 염세가는 무정하다

To live is to think.

산다는 것은 생각하는 것이다.

Marcus Tullius Cicero(로마의 정치가, 문필가, 철학자)

모든 것을 비관적으로 보려는 선입견을 앞세운다면 우리에게는 희망이나 밝은 내일이 있을 수 없다. 비관주의자는 낙관주의자와 아주 가까이에 있다. 낙관론자는 우리가 모든 가능한 최선의 세계 속에서 산다고 선언한다. 그리고 비관론자는 이것이 사실일까 두려워한다. 낙관론은 모든 것을 좋다고 하고 모든 것에 승복하며 모든 것을 믿는다. 염세라는 것은 고통을 피하고자 하는 마음에서 우러나와서는 안 된다. 이러한 염세주의는 천박한 낙관주의와 다를 바가 없다.

* 삶을 비관하고 세상을 경멸하는 비관주의는 삶의 고통을 회피하려는 쾌락주의와 맞닿아 있습니다.

Concentration comes out of a combination of confidence and hunger.

집중력은 자신감과 굶주림의 결합에서 비롯된다.

남보다 위에 선 사람은
행동이나 말보다는
침묵의 응시를
더 중히 여깁니다.

July

July 001

정의는 미덕의 으뜸이다

Life's most persistent and urgent question is: What are you doing for others?
인생에서 가장 영속적이고 긴급한 질문은 '당신은 지금 남을 위해 무엇을 하고 있는가?' 이다.

Martin Luther King, Jr(미국의 목사, 시민 운동의 지도자)

정의는 지상에서 인간에게 주어진 가장 큰 이권이며, 누군가가 한 번 출발하도록 떠밀면 저절로 굴러가는 기계이고, 결백이 기뻐하는 미덕이다. 정의는 미덕의 으뜸이다. 정의의 뒷받침이 없는 용기는 무용지물이다. 또한, 만인이 의롭다면 용기는 필요하지 않을 것이다. 정복의 정의는 최강자의 정의에 바탕을 두었음에 지나지 않는다. 자기가 성실하다는 신념은 자기가 옳다는 확신만큼 위험하지는 않다. 인간은 누구나 자신이 옳다고 생각한다. 하지만 오래된 그 생각이 곧 정의일 수는 없다.

* 주관적인 정의를 바로 세우는 것은 중요하지만 '옳다' 라는 함정에 빠져서는 안 될 일입니다.

July 002

정의를 아끼면 불법이 자란다

We make a living by what we get, but we make a life by what we give.

우리는 얻음으로써 삶을 꾸리고 나눔으로써 삶의 의의를 만든다.

Winston Churchill(영국의 정치가, 노벨 문학상 수상자)

정의는 모든 것의 위에 있다. 성공은 좋은 것, 부도 역시 좋은 것, 명예는 더욱 좋은 것이지만 정의는 그들 모두를 능가한다. 힘이 곧 정의이며 정의가 없는 힘은 폭력이다. 정의에 따라 군사를 일으키면 사기가 오르고, 좋은 기회를 타서 싸움을 시작하면 승리하고, 부하를 은혜로 다스리면 잘 복종한다. 정의는 일을 수행하는 데 필수요소이다. 그 중요성이 그처럼 크기 때문에 사악과 범죄로만 사는 사람들까지도 약간의 정의를 필요로 한다. 정의가 힘을 만든다는 신념을 지니고 그 신념으로 끝까지 각자의 의무를 결행해야 한다.

* 정의라는 명분 없이는 결코 타인을 움직일 수 없습니다.

July 003

정의의 자체는 불의이다

Try not to become a man of success but rather to become a man of value.

성공한 사람이 되고자 하지 말고 가치 있는 인간이 되려고 노력하라

Albert Einstein(이론 물리학자, 노벨 물리학상 수상자)

정의만큼 위대하고 신성한 미덕은 없다. 정의와 함께하는 것은 올바르고, 미와 함께하는 것은 아름답다. 정의로운 자의 찬란한 행위는 육신의 고향인 흙 속에 묻히지 않고 살아남는다. 항상 정의를 행하라. 이는 많은 사람을 기쁘게 할 것이며 그 밖의 사람들을 놀라게 할 것이다. 동의하는 자에게는 불의가 행해지지 않는다. 세상이 멸망하더라도 정의가 행해지게 하라. 싸움에 패배할지라도 모른다는 개연성으로 우리가 정당하다고 믿은 대의의 지지를 포기해서는 안 된다. 누구에게도 악의를 품지 말되, 불의에는 너그러움을 발휘하지 마라.

* 모든 일에 너그럽다는 것은 불의와 정의를 구분하지 않는다는 뜻도 됩니다.

July 004

자유는 책임이다

The secret to life is meaningless unless you discover it yourself.

인생의 비결은 스스로 발견하지 않으면 의미가 없다.

William Somerset Maugham(영국의 극작가, 소설가)

우리에게 생명을 준 그 신이 동시에 우리에게 자유를 주었다. 모든 인간은 선천적으로 자유롭게 태어났다는 것을 부인할 만큼 어리석은 사람은 없다. 자유는 책임을 뜻한다. 이것이 대부분의 사람이 자유를 두려워하는 이유이다. 자유는 누구나 받을 수 있는 것이 아니다. 자유는 국민들이 쟁취하는 것이며 그들은 자유로워지길 바라는 만큼 자유로워진다. 자유는 더 높은 정치적 목표를 향한 수단이 아니다. 그것은 그 자체가 가장 높은 정치적 목표이다. 자유는 용기에 바탕을 둔 체계이다. 자유란 법률이 허용하는 것은 무엇이나 할 수 있는 권리이다.

* 인간은 자유로운 존재로 태어났으며, 자유를 향한 의지는 숭고합니다.

애국자의 피는 자유란 나무의 씨앗이다

The sole meaning of life is to serve humanity.

인생의 유일한 의미는 남을 위해 사는 것이다.

Lev Nikolayevich Tolstoy(러시아의 소설가, 사상가)

자유의 나무는 폭군의 피로 물을 줄 때에만 자란다. 언제나 자유로웠던 자는 자유를 박탈당한 자가 지니는 자유에의 희망이라는 어마어마한 매혹적 위력을 이해할 수 없다. 자유는 인간에게 좋아하는 것을 갖게 하고 모든 위안을 준다. 자유를 갖지 않으면 평화로울 수 없으므로 자유와 평화를 분리할 수는 없다. 자유가 자신의 속박을 잃을 때는 그 자체가 더 큰 자유의 속박이 된다. 진정한 의미에서의 자유는 물려받을 수 없으며 성취되어야 한다.

* 진정한 평화는 자유로움을 바탕으로 이루어집니다.

July 006

자유는 수단을 처방하지는 않는다

Life is an exciting business and most exciting when it is lived for others.

인생은 흥분이 가득한 일이지만 보다 흥분하게 하는 것은 남을 위해 사는 것이다.

Helen Adams Keller(미국의 교육가, 사회 복지활동가)

아무도 그대에게 자유를 줄 수 없다. 자신의 땅 위에서 자유를 위하여 싸우는 자유인은 노예처럼 부려지는 외국인 용병보다도 우세하다. 진정한 개인의 자유는 경제적 보장과 독립 없이 존재하지 않는다. 자유에의 길은 명령하기를 원하는 사람들보다 복종하기를 희망하는 사람들에 의하여 더 심하게 가로막혀 있다. 자유의 역사는 저항의 역사이다. 자유가 없는 생활이 어찌 취미가 있으며 쾌락이 있으랴. 다른 사람의 자유를 부정하는 자는 이 지구 위에서, 혹은 어떤 별나라에서도 전혀 자유로워질 수 없다.

* 자유를 방해하는 것은 이를 빼앗는 자보다는 박탈당한 채 순응하는 사람들입니다.

자유를 위해서 생명을 걸어라

A definite purpose, like blinders on a horse, inevitably narrows its possessor's point of view.

눈을 가린 말처럼 범위가 한정된 목적은 시야를 좁게 만든다.

Robert Lee Frost(미국의 시인)

지나치게 많은 자유를 갖는 것은 좋지 않다. 원하는 것 전부를 가지는 것도 좋지 않다. 신은 자유를 사랑하고 이를 수호할 준비가 되어 있는 사람들에게만 자유를 허락한다. 인간은 창조주의 걸작이다. 다만 결정론의 요지로서 자신이 자유로운 존재라는 사실을 망각하지 않을 때에만 그러하다. 자유가 모든 가치 중의 으뜸이다. 절대로 노예 굴레의 올가미 밑에서는 살지 마라. 살찐 노예보다는 야윈 자유민이 낫다.

* 자유는 그 어떤 것과도 바꿀 수 없는 최상의 가치입니다.

July 008

국민의 자유는 국력에 비례한다

Everything has been figured out, except how to live.

모든 답은 나와 있다. 어떻게 살 것인가를 제외한다면.

Jean-Paul Sartre(프랑스 철학자, 소설가, 극작가)

지나친 자유는 국민과 개인을 엄청난 노예 신세로 인도한다. 꽃이 화분 속에 있으면 생기가 없고 새가 새장에 들어가면 날지 못한다. 국민이 자유롭게 되기 위해서는 피통치자는 현인이어야 하고 통치자는 신이어야 한다. 만일 어떤 나라가 자유보다도 다른 어떤 것을 더 중히 여긴다면 그 나라는 자유를 잃을 것이다. 내가 뜻하는 자유란 질서와 결부된 자유, 즉 질서 및 도덕과 더불어 존재할 뿐 아니라 질서 및 도덕이 없이는 전혀 존재할 수 없는 자유다.

* 도덕과 질서를 무시하는 자유는 방종입니다.

July 009

구르는 돌은 이끼를 모을 수 없다

As long as you live, keep learning how to live.

당신이 살면 살수록 어떻게 살 것인가를 계속 배워야 한다.

Lucius Annaeus Seneca(로마의 정치가, 철학자, 시인)

주인은 때때로 장님이고 귀머거리여야 한다. 집에서는 사자처럼 굴지 말고 하인들 앞에서 이성을 잃지 마라. 주인의 눈은 그의 양 손보다 더 많이 일한다. 푸대접을 받고자 하는 사람은 많은 하인을 두게 하라. 하인들에게 존경받아온 사람은 거의 없다. 한 사람이 두 주인을 섬기지 못할 것이니 하인과 수탉은 일 년 이상 두어서는 안 된다. 주인의 눈 하나가 하인의 눈 열 개보다 더 많이 본다.

*남보다 위에 선 사람은 행동이나 말보다는 침묵의 응시를 더 중히 여깁니다.

July 010

평등은 전쟁을 일으키지 않는다

Life is not a problem to be solved, but a reality to be experienced.

인생은 풀어야할 문제가 아니라 경험해야할 현실이다.

Kierkegaard(덴마크 철학자, 실존주의 창시자)

천지가 만물을 양육함에 평등하다. 높은 자리에 있다고 해서 잘난 체해도 안 되며 남보다 낮은 데 있다고 해서 자기비하를 해도 안 된다. 비록 보잘것없을지라도 자신의 인생을 사랑하라. 누구나 평등하다. 법률에 따라 보호받을 자격이 있다. 저 세상에서 어떤 죄상의 기록이 나를 기다리고 있는지 모른다. 그러나 무식하거나 가난하거나 흑인이라고 해서 남을 경멸할 만큼 비열해서는 안 된다. 만민이 자유롭고 평등하게 태어났다는 사실을 온전히 받아들여 가슴속에서 자유의 등불이 타오르기를 바란다.

* 인간은 누구나 평등하게 태어난다는 사실을 잊어선 안 됩니다.

권리의 진정한 근원은 의무이다

What can you do to promote world peace? Go home and love your family.

세계 평화를 위해 사는 방법이요? 집에 돌아가 가족을 사랑해 주십시오.

Mother Theresa(수녀, 노벨 평화상 수상자)

훌륭하게 이행된 의무로부터 나오지 아니한 권리는 가질 가치가 없다. 권리를 용감하게 주장하는 자가 권리를 가진다. 자기 권리가 능동적인 인간에 의해 희생되는 꼴을 보는 것이 게으름뱅이의 공통된 운명이다. 모든 사람은 자기가 진리라고 생각하는 것을 말할 권리를 가지고 있으며 또 누구든 그 진리를 위해 자신을 불태울 권리를 가지고 있다. 자유인은 체포되고 갇히거나, 혹은 법의 보호를 못 받고 추방되거나 그 밖의 어떤 해도 받지 않을 것이며, 누구도 그의 동료들의 법적 판단이나 그 나라 국법에 의하지 않고는 그를 체포, 투옥할 수 없다.

* 권리 위에 잠자는 자의 권리는 누구도 보호해주지 않습니다.

의무를 삶의 근본으로 삼아라

Happiness is the meaning and the purpose of life, the whole aim and end of human existence.

행복은 인생의 의미 및 목표, 인간 존재의 궁극적 목적이자 바라는 바이다.

Aristoteles(고대 그리스 철학자)

인간은 언제 어디서나 공적. 사적 의무로부터 자유로울 수 없다. 의무의 선은 곧고 미의 선은 구부러졌다. 직선을 따르라. 그러면 당신을 뒤따르는 곡선을 볼 것이다. 의무는 명예롭다는 말을 우리는 앵무새처럼 반복한다. 해야 할 일을 하는 것은 칭찬받을 일이 아니다. 그것은 우리의 의무이기 때문이다. 의무는 대부분이 하찮은 것이 중대한 것처럼 가장하는 데 존재한다. 무엇을 할 수도 있다고 생각하지 말고 무엇을 해야 할 것인가를 생각하라. 그리고 의무에 대한 염려가 마음을 지배하도록 하라. 그날의 의무를 다할 때까지 하루가 끝났다고 생각하지 마라. 의무가 너의 문을 두드릴 때 그를 반겨 맞으라.

* 하루하루 자신에게 주어진 소임을 다하는 것이 진짜 삶입니다.

July 013

확신을 지니고 행동하라

There is more to life than increasing its speed.

속도를 올리는 것만이 인생은 아니다.

Mohandas Karamchand Gandhi(인도의 변호사, 종교가, 정치 지도자)

특권은 의무보다 클 수 없다. 권리의 보호는 책임의 이행보다 더 오래 지속될 수 없다. 의무의 이행이 없으면 성장이 없다. 자기의 직무를 게을리 하는 용감한 사람은 위험한 때에 자기 나라를 버리고 도망가는 비겁한 자보다 자기 나라를 위하여 나을 것이 별로 없다. 책임이란 우리가 단지 그 중간만 볼 수 있는 줄과 같다. 모든 사명은 의무의 서약으로 구성된다. 모든 사람은 사명의 완수를 위해 자기의 모든 재능을 바치게 되어 있다. 모든 행동의 규범은 의무감의 확신으로부터 비롯되어야 한다. 그날이 가져다주는 의무를 다할 때까지 하루가 끝났다고 생각하는 것은 큰 잘못이다.

* 능력이 출중하더라도 제게 주어진 임무를 다하지 않으면 아무 소용이 없습니다.

July 014

생선과 손님은 사흘이 지나면 상한다

The most important thing is to enjoy your life to be happy it's all that matters.

무엇보다 중요한 것은 인생을 즐기고 행복을 느끼는 것, 그것뿐이다.

Audrey Hepburn(미국의 배우)

첫날은 손님이지만 둘째 날은 짐이요, 셋째 날은 해충이다. 참석한 손님을 환영하고 가기를 희망하는 손님은 보내야 한다. 제 집에 있을 때 손님을 맞아들일 줄 모르면 밖에 나갔을 때 비로소 자기를 환대해줄 주인이 적음을 알리라. 친구 집에서 사흘 뒤에 두통거리가 되지 않을 만큼 환영받는 손님은 없다. 오래 머물면 남에게 업신여김을 받고, 자주 오면 친분도 성가셔진다. 당신보다 나은 자들에게서 당신이 받고 싶은 대우를 당신보다 못한 자들에게 베풀어라.

* 지혜로운 사람은 머물러야 할 자리와 떠나야 할 자리를 잘 압니다.

July 015

경험은 훌륭한 스승이다

Good friends, good books and a sleepy conscience: this is the ideal life.

좋은 벗, 좋은 책, 졸고 있는 양심, 이것이 이상적인 인생이다.

Mark Twain(미국의 소설가, 「톰소여의 모험」 저자)

인생은 하나의 실험이다. 실험이 많아질수록 당신은 더 나은 사람이 된다. 경험은 영원히 순서에 따라 씨앗을 뿌린다. 경험은 현인의 유일한 예언 능력이며 바보의 스승이라 한 가지 일을 경험하지 않으면 한 가지 지혜가 자라지 않는다. 누구의 지식도 그의 경험을 넘어설 수 없다. 경험으로 얻어진 것은 값진 지혜이다. 단 것만을 줄곧 먹을 수는 없다. 때로는 쓴 것도 먹어야 강해진다.

* 인생의 쓰디쓴 경험이야말로 내 삶의 온전한 스승입니다.

호의는 저절로 얻을 수 없다

He is the happiest, be he king or peasant, who finds peace in his home.

국왕이든, 농민이든 가정의 평화를 유지하는 사람이 가장 행복하다.

Johann Wolfgang von Goethe(독일의 시인, 극작가, 정치가)

호의를 서투르게 받아들이는 것보다는 그것을 정중하게 거절하는 것이 더 낫다. 착한 일을 하려거든 빨리 하라. 호의를 베풀 줄 모르는 사람은 호의를 바랄 권리가 없다. 상호 신뢰와 상호 협조로써 위대한 업적이 이루어지며 위대한 발견도 생긴다. 다른 모든 것이 의존되는 상호 간의 신용은 자유로운 대화에 의한 솔직한 마음과 용감한 신뢰로만 유지될 수 있다. 소찬을 가지고도 호의만 넘쳐흐르면 즐거운 향연이 된다.

*남이 베푸는 것을 잘 받을 줄 아는 사람이 진정한 호의를 베풀 줄 압니다.

July 017

이유 없는 칭찬은 없다

Man is the artificer of his own happiness.

인간은 자기 행복의 고안자이다.

Henry David Thoreau(미국의 작가, 시인, 사상가)

칭찬은 우리에게 당연히 돌아와야 할 것이라도 요구에 따라 지급되는 보증 수표와 같지 않다. 칭찬이 가치 있는 것이 되려면 자발적인 것이 되어야 한다. 무엇보다도 칭찬은 우리에게 가장 좋은 식사이다. 남들이 억지로라도 우리를 칭찬하게 하는 유일한 방법은 우리가 칭찬받도록 행하는 것이다. 누구나 자기가 만든 물건을 칭찬한다. 찬사가 관대한 마음을 상하게 할 수는 없다. 아무리 겸손하다 하더라도 사람은 자기에 대한 찬사를 들으면 즐거움을 지니게 마련이다. 찬사는 밑천을 들이지 않지만 많은 사람이 그 대가를 값비싸게 치른다.

* 천금으로도 움직이지 않는 마음이, 칭찬 한마디로 움직일 수 있습니다.

July 018

지나친 겸손도 아첨

It takes a long time to grow young.

젊어지기 위해서는 시간이 걸린다.

Pablo Picasso(스페인 출신의 화가, 조각가)

아첨을 잘하는 자는 충성하지 않고, 바른말을 잘하는 자는 사람을 배신하지 않는다. 아첨은 악덕의 시녀다. 효자는 부모에게 아첨하지 않으며 충신은 임금에게 아첨하지 않는다. 참언하고 욕하는 사람은 조각구름이 햇빛을 가림과 같아서 오래지 않아 절로 밝혀진다. 아첨하는 사람은 그의 말에 귀 기울이는 사람을 희생시키며 산다. 아첨하는 말에 맛 들이지 말고 거만한 백성에게 노여움을 품지 마라. 아첨 받기 좋아하는 자와 아첨하는 자는 같은 값어치이다. 사람들이 아첨할 때는 대개 날씨가 맑다.

* 아첨 듣기를 좋아하는 귀 먼 자는 패망할 수밖에 없습니다.

July 019

정성을 심어 말하라

As a well-spent day brings happy sleep, so life well used brings happy death.
충실한 하루가 행복한 잠을 가져다주는 것처럼, 충실한 일생은 행복한 죽음을 가져다준다.

Leonardo da Vinci(이탈리아 르네상스기의 예술가)

사람 마음의 움직임은 말로 인하여 베풀어지나니 길흉과 영욕은 다 말이 불러들이는 것이다. 말을 많이 한다는 것과 잘한다는 것은 분간할 수 없다. 입에 들어가는 것이 사람을 더럽게 하는 것이 아니라 입에서 나오는 그것이 사람을 더럽게 하는 것이다. 말은 인간적이요, 침묵은 신성이다. 또한, 야수적이고 죽은 것이다. 말은 행동보다 더 긴 생명을 가진다. 말은 행동의 거울이며 훌륭한 무기이다.

* 말은 어떻게 하느냐에 따라 독이 되기도, 금이 되기도 합니다.

July 020

침묵은 최상의 언어

Not he who has much is rich, but he who gives much.

많이 가진 사람이 풍요로운 것이 아니라 많이 나누는 사람이 풍요롭다.

Erich Seligmann Fromm(독일 사회 심리학자, 정신분석학자)

사람의 말씨는 그 사람 마음의 목소리다. 입 밖에 내놓은 말은 날아간 화살과 같다. 혀는 뼈가 없지만, 뼈를 부러뜨릴 수 있다. 손이 없는 사람은 부득이 혀를 사용해야 한다. 말을 조심하라. 벽에도 귀가 있다. 뱀은 풀 속에 숨어 있지만 달콤한 말 속에는 무서운 독이 숨겨져 있다. 깜박이는 한 점의 불티가 능히 넓고 넓은 숲을 태우고 반 마디 그릇된 말이 평생의 덕을 허물어뜨린다. 재산을 보호하는 것보다 말을 조심하는 것이 더 낫다.

* 어떤 말을 할 적엔, 꺼낸 말을 되돌려 담을 수는 없다는 점을 늘 유념해야 합니다.

July 021

모든 대화는 진지하게 하라

Happiness does not lie in happiness, but in the achievement of it.

행복은 행복 속에 있는 것이 아니라 그것을 손에 넣는 과정 속에 있다.

Fyodor Mikhailovich Dostoevskii(러시아의 소설가, 사상가)

인생의 가장 큰 즐거움의 하나는 대화이며, 대화는 인생의 가장 훌륭한 것이고 사교의 뛰어난 도구이며 즐거운 향연이다. 대화는 겸손히 부드럽게 하라. 그리고 부디 말수를 적게 하라. 말할 때는 항시 요령 있게 하라. 여자가 있는 곳에서는 아무 말도 않는 것이 은근한 함축성이 있어 더 좋다. 대화 시 신중은 웅변보다 더 중요하다. 훌륭한 대화는 기술이 아니고 선천적 재능으로 간주하지만 농부의 땀처럼 많은 부분이 수양과 훈련에 달려 있다. 어떤 사람과 대화를 하게 되었을 때 가장 먼저 생각해야 할 것은 그가 당신의 말을 몹시 듣고 싶어 하는가, 아니면 당신이 그의 말을 들어야만 하는가 하는 것이다.

*달변은 타고나는 것이 아니라 연마에 의해 형성됩니다.

July 022

농담도 절제가 필요하다

I'm happy to be alive, I'm happy to be who I am.

나는 살아 있는 것이 행복하다. 내가 나답게 있을 수 있는 것이 행복하다.

Michael Jackson(미국의 싱어 송 라이터)

농담하는 태도는 헤프거나 지나치지 말고 우아하게 재치 있어야 한다. 현자는 농담을 만들고 우매한 자는 그 농담을 반복한다. 부자의 농담은 언제나 성공적이다. 농담에도 절제가 보여야 하며 마음이 슬픈 자에게 농담을 적용하기는 곤란하다. 농담은 결코 적을 내 편이 되게 하지 못할 뿐더러 흔히 벗을 잃게 한다. 여인들과는 결코 농담하려 들어선 안 된다. 농담하는 자가 웃으면 농담의 요점이 상실된다. 농담이 번성하는 까닭은 농담을 들어주는 사람의 귀가 얇기 때문이다.

* 적절한 농담은 사람들을 불러 모으지만, 헤픈 농담은 사람을 등지게 합니다.

바보도 때론 좋은 충고를 한다

This life is worth living, we can say, since it is what we make it.

인생은 살만한 가치가 있다고 할 수 있다. 왜냐하면 인생은 자신이 만드는 것이기 때문이다.

William James(미국의 철학사, 심리학사)

좋은 충고는 값을 초월하며 값진 선물이다. 많은 사람이 충고를 받지만. 오직 현명한 사람만이 충고의 덕을 본다. 군자는 신뢰를 받고 난 다음에 사람을 부리고, 신임을 얻고 난 다음에 간언한다. 선비에게 간하는 벗이 있으면 몸이 아름다운 이름에서 떠나지 아니하고, 아버지에게 간하는 아들이 있으면 몸이 불의에 빠지지 않는다. 충고를 청하는 것은 열이면 아홉은 아첨해달라고 권하는 것이다. 자기 자신보다 더 현명한 충고를 줄 수 있는 사람은 없다.

* 진정 자신을 위해주는 사람만이 듣기에 거북한 충고를 해주는 법입니다.

친구란 또 하나의 나이다

The good life is one inspired by love and guided by knowledge.

훌륭한 인생이란 사랑으로 고무되고 지식의 인도를 받은 인생이다.

Bertrand Arthur William Russell(영국의 철학자, 노벨 문학상 수상)

친구란 두 사람의 신체에 사는 하나의 영혼이고 가장 훌륭한 만병통치약이다. 친구는 보물도 되고 위안도 된다. 한 친구를 얻는 데는 오래 걸리지만 잃는 데는 잠시이다. 친구 없는 일생은 증인 없는 죽음이다. 벗이 없으면 어떤 좋은 일에도 만족이 없다. 친구는 태어나는 것이지 만들어지는 것이 아니다. 변함없는 친구는 드물고 발전하기가 어렵다. 진정 그대의 친구라면 그대가 필요할 때 그대를 도울 것이다.

* 진실된 우정만큼 값진 보석은 없습니다.

July 025

친구는 모든 것을 나눈다

As the purse is emptied, the heart is filled.

지갑이 가벼워질수록 마음이 채워진다.

Victor, Marie Hugo(프랑스 낭만주의 시인, 소설가)

여름에는 제비가 가까이 있고 추운 겨울에는 달아나버린다. 이처럼 거짓 친구는 인생의 맑은 날씨에는 가까이 있으나 불운의 겨울을 보자마자 달아나버린다. 순경 중에는 친구가 우리를 알고 역경 중에는 우리가 친구를 안다. 번영은 친구를 만들고 역경은 친구를 시험한다. 궁핍할 때 돕는 친구가 진정한 친구이다. 우리는 햇빛에서도 친구요 그늘에서도 친구였다. 사람이 친구를 위하여 자기 목숨을 버리면 이보다 더 큰 사람이 없다. 가장 좋은 거울은 오랜 친구다. 사귀고 있는 벗을 알면 그 사람의 인품을 알 수 있다.

* 내가 어려울 때 곁에 있는 사람, 그 사람이 진짜 친구입니다.

July 026

친구는 제2의 자신이다

It is neither wealth nor splendor, but tranquility and occupation which give happiness.

행복을 가져다주는 것은 부유함도 사치도 아니라 온화함과 일이다.

Thomas Jefferson(미국의 3대 대통령, 미국 독립선언의 주요 작자)

진실로 그대의 친구라면 그대가 곤궁할 때 도와주며, 그대가 서러울 때 울어줄 것이며, 그대가 깨어 있을 때 잘 수 없을 것이니 이처럼 심중의 온갖 슬픔을 그대와 함께 나누리라. 인생에서 고통받는 친구와 함께 어깨를 나란히 하여 운명의 신과 싸우는 자의 기쁨보다 더 큰 기쁨은 없다. 오랜 친구를 버리지 마라. 새 친구는 새 포도주와 같아서 그것이 오래 묵었을 때라야 그것을 즐겁게 마실 것이다. 진정한 친구는 자유롭게 흉금을 털어놓고 변함없이 우정을 계속한다.

* 오래된 친구는 잘 익은 술처럼 진한 향취로 머뭅니다.

July 027

우정은 신의 선물이다

What is most vile and despicable about money is that it even confers talent.

돈이 무엇보다 비열하고 역겨운 것은 그것이 인간에게 재능까지 부여하기 때문이다.

Fyodor Mikhailovich Dostoevskii(러시아의 소설가, 사상가)

우정은 영혼의 결혼이며 날개가 없는 사랑의 신이다. 우정은 평등이며 고상한 이름이고 이성의 결속이다. 우정은 영혼의 결합이고 마음의 결합이며 덕성의 계약이다. 우정이란 그 글자만 보아도 가슴이 흐뭇해지는 말이다. 우정은 두 사람이 서로 선과 행복을 증진하는 강하고도 습관적인 성향이다. 진정한 우정은 튼튼한 건강과 같아서 그 가치는 그것을 잃어버릴 때까지는 좀처럼 알기 어렵다. 우정과 사랑은 상호 배척한다.

* 우정은 자극이 없는 감정이지만, 사랑보다 우위에 선 고귀한 가치입니다.

July 028

긴급할 때 친구를 알아볼 수 있다

If money be not thy servant, it will be thy master.

만약 돈을 그대의 하인으로 삼지 않는다면 돈은 그대의 주인이 될 것이다.

Francis Bacon(영국의 철학자, 신학자, 법학자)

벗을 사귐에는 서로 그 믿음을 알아주는 것보다 더 중요한 것이 없고, 즐거움엔 서로 그 마음에 감동되는 것보다 더 중요한 것이 없다. 군자의 사귐은 담담하기가 물 같고 소인의 사귐은 달콤하기가 감주 같다. 어떤 일이 일어나더라도 친구를 갖고 있다는 것은 위안과 용기가 된다. 친구의 잔치에는 천천히 가되 불행에는 황급히 가라. 옷은 새것이 좋으나 사람은 오래 사귄 사람이 좋다.

* 묵묵히 곁을 지켜주는 한 사람의 친구를 두는 일은 인생에서 그 무엇보다 중요합니다.

두 개의 몸에 깃든 하나의 영혼

That man is the richest whose pleasures are the cheapest.

즐거움에 돈을 들이지 않는 사람이 가장 유복하다.

Henry David Thoreau(미국의 작가, 시인, 사상가)

친구를 얻는 것은 일생을 통하여 행복을 보장하는 모든 방법 중에서 가장 중요한 것이다. 순경에서나 역경에서나 친구에게 한결같이 대하라. 오랜 나무는 불붙기에, 늙은 말은 타기에, 오랜 책은 읽기에, 오래된 술은 마시기에 가장 좋은 것처럼 오랜 친구는 곁에 두기에 가장 믿음직하다. 성실과 신의를 존중하되 자기만 못한 사람과 사귀지 마라. 친구가 지적하는 잘못은 즉각 고치는 게 좋다. 나이의 많음을 개의치 말고, 지위가 높음을 개의치 말고, 형제의 세력에 개의치 말고 벗을 사귀라. 당신이 만약 사랑할 만한 친구가 있으면 사랑하라.

* 내 허물을 탓하지 않되, 따끔하게 지적해줄 줄 아는 친구는 가장 좋은 스승입니다.

July 030

우정은 날개 없는 사랑이다

Money is like a sixth sense without which you cannot make a complete use of the other five.

돈은 육감과도 같다. 그것이 없다면 다른 오감도 제대로 기능을 하지 않는다.

William Somerset Maugham(영국의 극작가, 소설가)

친구의 웃음과 사랑만큼 사람을 끄는 힘의 가치가 있는 것은 없다. 세월은 우정을 강화하고 사랑을 약화한다. 마음이 선하고 정신이 강한 사람만이 한결같은 우정을 지속할 수 있다. 우정의 위대한 효과는 자선이다. 두 마음으로는 한 사람도 얻지 못하나 한 마음으로는 백 사람을 얻을 수도 있다. 내 것이 네 것이면 네 것은 내 것이다.

* 하나의 마음을 가진 친구가 되는 일은, 강한 사람만이 지닐 수 있는 미덕입니다.

건강은 행복의 어머니

Money is like muck, not good except it be spread.

돈은 비료와 같은 것으로 뿌리지 않으면 도움이 되지 않는다.

Francis Bacon(영국의 철학자, 신학자, 법학자)

건강과 지성은 인생의 두 가지 복이다. 인생에서 건강은 목적이 아니지만 최초의 조건인 것이다. 건강과 명랑은 서로서로를 낳는다. 강한 신체는 정신을 강하게 만든다. 건강은 곧 젊음이다. 건강하거든 신을 찬미하라. 건강을 훌륭한 양심 다음으로 소중히 하라. 점심 후에는 쉬고 저녁식사 후에는 걸어라. 아침에는 생각하고 낮에는 일하라. 저녁에는 먹고 밤에는 자라. 병자만이 건강을 안다는 것이 의사의 격언이다.

* 건강은 우리가 가질 수 있는 모든 미덕과 모든 가치를 존재하게 만드는 전제조건입니다.

8월

탐식은

영혼을 비대하게 만들어

곧 망가트려 놓고 맙니다.

August

August 001

오늘을 만끽하라

The purpose of life is a life of purpose.

인생의 목적은 목적이 있는 삶을 사는 것이다.

Robert Byrne(미국의 체스 선수)

욕심을 버리고 무위의 심경이 되면 마음이 태연하고 여유 있어지며, 남과 경쟁하는 마음을 버리면 부귀도 빈천도 모두 같아진다. 미래에 어떤 일들이 장만되어 있는지 묻지 말고 오늘 하루가 주는 것을 무엇이든 선물로 받아라. 현재의 운명에 당신 자신을 맞추고 옷감에 맞게 당신의 옷을 지어라. 어제의 현실처럼 오늘의 현실이 내일은 환상이라고 판명될지도 모르니까. 당신의 현실을 오늘 당신이 느끼는 대로 지나치게 생각해서는 안 된다. 우리의 안정은 무지에 있지 않고 위험과 맞서는 데 있다.

* 내일을 위해 오늘의 현실을 등한시하지 말고, 오늘을 지켜 내일을 도모해야 합니다.

August 002

시간을 낭비하지 마라

Wealth is like sea-water; the more we drink, the thirstier we become; and the same is true of fame.

부는 바닷물과 같은 것이라 마실수록 목이 마르다. 명성 또한 마찬가지다.

Arthur Schopenhauer(독일의 철학자)

종달새와 함께 일어나고 새끼 양과 함께 잠자리에 들라. 정각 여섯 시에는 꼭 일어나야만 하는 사람들에게는 불면증이 오지 않는다. 불면증은 때를 가리지 않고 잘 수 있는 사람들만을 괴롭힌다. 늦게 일어남으로써 아침을 짧게 만들지 마라. 확실하게 정해지도록 그것을 인생의 정수로 간주하라.

* 아침을 일찍 여는 사람의 하루는 남들이 보내는 하루보다 더 길고 알찹니다.

August 003

병을 숨기는 자에게는 약이 없다

When it is a question of money, everybody is of the same religion.

일단 돈 문제가 되면 모두 똑같은 종파가 된다.

Voltaire,(프랑스의 철학자, 작가, 문학자, 역사가)

질병은 쾌락에 부과하는 세금이며 부도덕한 쾌락이다. 질병은 초기에 고쳐라. 예방은 치료보다 낫다. 자기 병을 숨기는 자는 낫기를 기대할 수 없다. 자신이 건강하다고 믿는 환자는 고칠 길이 없다. 잠자는 사람은 치통을 느끼지 않는다. 병을 숨기는 것은 치명적이다. 인간이 자기의 육체적 도덕적 건강 상태를 점검해보면 거의 언제나 자기 자신이 병들어 있음을 발견하게 된다.

* 훌륭한 일을 해내려면 자신의 몸 상태에 언제나 각별한 관심을 두어야 합니다.

August 004

우리는 모두 한 번은 미친 적이 있다

Fate shuffles the cards and we play.

운명이 카드를 섞고 우리가 승부를 한다.

Arthur Schopenhauer(독일의 철학자)

미친 사람은 누구나 다른 사람들이 모두 미쳤다고 생각한다. 영양 결핍의 두뇌에서는 정신력을 얻을 수 없다. 미친 자의 손에 칼을 주지 마라. 깨어 있는 생활은 제어된 꿈이다. 혼자 현명한 것보다는 세상 사람들이 같이 미치는 것이 낫다. 확실히 미치는 것에는 미친 사람들밖에 모르는 기쁨이 있다. 제정신은 자기의 수단에 넘어가지 않는 데 있다. 우리가 스스로 육체의 질병이라고 생각하는 병은 사실 영혼의 질병의 한 증상에 지나지 않을 수도 있다. 광증의 큰 증거는 계획과 방법의 불균형에 있다.

* 정신의 불균형을 방치하지 말고, 온전한 건강체 안에 온전한 정신이 깃들도록 해야 합니다.

August 005

가장 훌륭한 양념은 허기이다

Nothing makes a man so adventurous as an empty pocket.

텅 빈 주머니만큼 인생을 모험적으로 만드는 것이 없다.

Victor, Marie Hugo(프랑스 낭만주의 시인, 소설가)

음식에 가장 좋은 양념은 공복이고 마실 것에 가장 좋은 향료는 갈증이다. 과일은 오전에는 금이고 오후에는 은이며 밤에는 납이다. 나를 살게 하는 것은 충분한 음식이지 훌륭한 말이 아니다. 당신의 입에 떨어진 이 생명의 빵이 외친다. 먹어라, 나를 먹어라. 인간이여, 그러면 너는 절대 죽지 않으리라. 음식을 먹고 마시는 것은 건강한 사람에게 크나큰 즐거움이다. 먹는 것을 즐기지 못하는 사람은 어떤 종류의 향락이나 유용함도 받아들일 수 없는 사람이다. 양념은 오랜 친구와 같다. 요리는 사랑과 같다. 식탁에서의 즐거움은 음식이 아니라 만족이다. 커피는 사랑과 같이 달콤하게 하라.

* 음식은 맛으로 먹는 것도 혀로 먹는 것도 아니라 마음으로 섭취하는 것입니다.

August 006

음식과 심신은 하나

Every man gotta right to decide his own destiny.

누구나 자신의 운명을 결정할 권리가 있다.

Bob Marley(자메이카 레게 뮤지션)

식사를 즐겁게 만드는 것은 고기가 아니라 입맛이다. 배가 부르면 머리가 둔해진다. 먹기 위하여 살지 말고 살기 위하여 먹으라. 아무리 새빨간 입술일지라도 먹어야 한다. 약한 자들은 먹고 마시기 위해서 살지만 현명한 자들은 살기 위해서 먹고 마신다. 둔하도록 먹지 말고 취하도록 마시지 마라. 오래 살려면 식사를 줄여라. 보는 것은 속는 것이요, 믿는 것은 먹는 것이다.

* 탐식은 영혼을 비대하게 만들어 곧 망가트려 놓고 맙니다.

August 007

옷은 인품

There's something just as inevitable as death. And that's life.

죽음과 마찬가지로 피할 수 없는 것이 있다. 그것은 사는 것이다.

Charles Chaplin(영국의 배우, 영화감독)

우리는 모두 아담의 후손이지만 비단옷을 입으면 달라진다. 훌륭한 의복은 모든 닫힌 문을 열게 만든다. 먹는 것은 자기 자신을 즐겁게 하기 위함이요, 입는 것은 남을 즐겁게 하기 위함이다. 아름다운 새를 만드는 것이 아름다운 깃털만은 아니다. 의복에 초연한 자는 유행에 초연하고, 유행에 초연하면 용모에 초연하고, 용모에 초연하면 재치에 초연하다. 누구의 시선도 끌지 않는 옷을 입은 신사가 가장 옷을 잘 입은 신사라고 생각한다.

* 화려한 치장보다는 품위 있는 매무새가 매력을 발산합니다.

August 008

진정한 여행이란

You can't get away from yourself by moving from one place to another.

이리저리 돌아다니더라도 자신으로부터 벗어날 수는 없다.

Ernest Hemingway(미국의 소설가, 노벨 문화상 수상)

여행은 현명한 사람을 더욱 훌륭하게 만든다. 여행길에 즐거운 벗은 음악이다. 여행의 미덕은 하고 싶은 대로 생각하고 느끼고 행하는 완전한 자유이다. 고통을 잊는 것은 고통을 없애는 것이요, 근심을 잊는 것은 근심을 제거하는 것이다. 여행을 가는 것은 모두를 다 성취하는 것이다. 나는 여행을 위해서 여행을 한다. 국토를 보기 위해서 여행하는 것과 혹은 국민을 보기 위해서 여행하는 것과는 커다란 차이가 있다.

* 여행은 그 목적지와는 무관하게, 그 자체가 목적이 될 수 있습니다.

August 009

도박은 인생의 축소판

It is in your moments of decision that your destiny is shaped.

운명이 결정되는 것은 당신이 결단을 내리는 순간이다.

Anthony Robbins (미국의 자기계발 작가, 코치, 강연가)

카드놀이에서는 모든 사람이 평등하다. 도박은 탐욕의 자식이자 낭비의 부모다. 도박을 잘할수록 사람은 나빠진다. 도박을 일삼은 자는 그의 재산과 시간과 건강에 대한 중죄인이다. 노름판에서 진짜 운이 좋은 자란 자리에서 일어나 집으로 가는 제때를 아는 자이다. 도박에 열중한 염세주의자는 없다는 것은 도박이 얼마나 인생과 흡사한가를 나타내는 것이다.

* 도박판은 흥미로운 삶과 비슷하지만, 도박에 빠지면 삶 자체를 잃습니다.

August 010

술, 인품을 비추는 거울

I'm a great believer in luck, and I find the harder I work, the more I have of it.

나는 운을 많이 믿는다. 그리고 열심히 일할수록 운이 커진다는 것을 알고 있다.

Thomas Jefferson(미국의 3대 대통령, 미국 독립선언의 주요 인물)

술이 없는 곳에는 사랑도 없다. 술은 비와 같다. 즉 진흙에 내리면 진흙은 더욱 더럽게 되나 옥토에 내리면 아름답게 하고 꽃피게 한다. 술은 기지를 날카롭게 하고 그 타고난 힘을 증진해주며 대화에 즐거운 향기를 풍기게 한다. 술이 없는 식사는 햇빛 없는 낮과 같다. 술은 용기를 주고 정열을 북돋는다. 진실은 술에서 나온다. 술은 우리에게 자유를 주고 사랑은 자유를 빼앗아버린다. 여인과 돈과 술에는 즐거움과 독이 있어 주머니를 비게 한다. 무엇보다도 술로 인한 싸움은 피하라.

* 술은 적당히 마시면 약이 되지만 지나치면 독약이 됩니다.

August 011

술은 마약 중의 으뜸이다

Happiness is a way of travel, not a destination.

행복이란 여행의 방법이지 목적지가 아니다.

Roy Matz Goodman(미국의 정치가, 실업가)

목마른 대지는 빗물을 빨아들이고 마시고 또 마시려고 입을 벌린다. 초목은 대지를 쉴 새 없이 빨고 마셔서 맑고 새로워진다. 영원한 건강이 돌고 돌지 않는다면 이 세상의 아무것도 생생하지 못할 것이다. 잔을 채워라, 가득가득 채워라. 오늘 술을 마셔라. 그리고 모든 슬픔을 던져버려라. 두 사람이 마주하는 술잔에 산꽃이 핀다. 나무랄 것은 음주가 아니라 과음이다. 술 취하고도 말하지 않는 사람은 참다운 군자이다. 건강을 위해 축배를 드는 것은 질병을 위해 축배 하는 것이다. 술 마시는 이유는 목이 마를 때 그 갈증을 풀기 위함이요, 또 하나는 목이 마르지 않을 때 갈증을 예방하기 위함이다.

* 즐거이 마시는 술은 하루의 갈증을 해소해주는 좋은 약입니다.

August 012

예술은 질투스런 정부이다

The real voyage of discovery consists not in seeking new landscapes, but in having new eyes.

발견의 여행이란 새로운 풍경을 찾는 것이 아니다. 새로운 눈으로 보는 것이다.

Marcel Proust(프랑스의 작가)

예술은 살이 있는 육체가 된 과학자이며 물질을 이용한 영혼의 전달이다. 아름다움의 사랑은 취미요, 아름다움의 창조는 예술이다. 예술은 마음을 뒤흔들고 과학은 기운을 돋운다. 전통이 없는 예술은 목동 없는 양 떼다. 태양이 꽃을 물들이듯 예술은 인생을 물들인다. 인생은 짧고 예술은 길며, 세월은 정확하고 경험은 간사스러우며 판단은 어렵다.

* 미를 추구하는 것은 인간의 본능이며, 이 본능의 발현이 예술입니다.

August 013

벗을 택하듯 작가를 택하라

All travelling becomes dull in exact proportion to its rapidity.

모든 여행은 그 속도에 비례해 따분해 진다.

John Ruskin(영국의 미술 비평가, 사회 사상가)

작가는 인간 영혼의 기사이다. 옛날 작가들에 대한 찬양은 죽은 사람에 대한 존경에서부터 나오는 것이 아니라 살아 있는 사람들 사이의 경쟁과 시기에서부터 나오는 것이다. 세상 사람 모두가 나를 내 책으로 알아도 좋고 나의 책을 나로 알아도 좋다. 가장 고상한 작품 정신이란 공공의 이익이다. 문학은 숭고하다. 그것은 과거를 모두 하나로 결합하고 모든 것들과 함께 살도록 한다.

* 살아생전 인정받는 작가는 드물지만, 작품은 그 사후에도 살아남아 그의 말을 전달합니다.

August 014

희극은 유예된 비극이다

Never to go on trips with anyone you do not love.

사랑하고 있지 않은 사람은 여행을 떠나서는 안 된다.

Ernest Hemingway(미국의 소설가, 노벨 문화상 수상)

희극은 비극으로부터의 도피이다. 비극은 겪는 자의 마음 속에 있지 않고 보는 자의 눈 속에 있다. 극장에 가지 않는 것은 거울 없이 화장하는 것과 같다. 완전한 비극은 인간성의 가장 고상한 산물이다. 훌륭한 연기자는 대화 없이도 우리와 말할 수 있는 것을 가지고 있다.

* 희극과 비극은 제각각 인생의 양면이자 전부입니다.

August 015

진리가 아닌 격언은 없다

If one does not know to which port one is sailing, no wind is favorable.

어느 항구를 향하고 있는지 모르는 사람에게는 그 어떤 바람도 순풍이 될 수 없다.

Lucius Annaeus Seneca(로마의 정치가, 철학자, 시인)

일반적인 격언처럼 무용한 것도 없다. 올바르게 행하는 것보다 하나의 금언을 만드는 것이 더 고생스럽다. 격언이란 한 사람의 기지이자 모든 사람의 지혜이다. 격언이란 오랜 경험에 기초한 짧은 문장이다. 한 민족의 특성과 기지와 정신은 그 민족의 격언에서 발견된다.

*짧은 말 한마디에 오래된 지혜를 담는 것이 격언입니다.

August 016

시는 인류의 모국어

Death is a friend of ours; and he that is not ready to entertain him is not at home.

죽음은 우리의 벗이다. 죽음을 받아들일 준비가 되지 않은 사람은 무언가를 깨달았다고 할 수 없다.

Francis Bacon(영국의 철학자, 신학자, 법학자)

해와 달과 별들은 하늘의 글이요, 산천과 초목은 땅의 글이요, 시서와 예악은 사람의 글이다. 시는 역사보다 더 철학적이고 근엄하다. 역사가 말해주는 것은 독특한 것들이지만 시가 말해주는 것은 보편적인 성격을 띠고 있기 때문이다. 속박 받는 시는 인간을 속박한다. 민족은 그들의 시와 미술과 음악이 멸망, 혹은 융성하는 데 비례하여 멸망하거나 융성한다. 있는 그대로의 진실한 기술이 가장 진귀한 시이다. 상식은 언제나 조급하고 피상적인 견해를 취하기 때문이다. 산문은 저녁과 밤을 그릴 수 있지만 시는 새벽을 노래하는 데 필요하다.

* 시는 인간 정신을 담는 가장 아름다운 그릇입니다.

August 017

책은 책 스스로 생명이 있다

The only way to live is to forget that you're going to die.

살기 위한 유일한 방법은 자신이 언제 죽을지를 잊는 것이다.

William Somerset Maugham(영국의 극작가, 소설가)

고전이란 원시적 문학에 지나지 않는다. 그것들은 원시적 공업이나 원시적 음악, 혹은 원시적 의술과 같은 부류에 속한다. 묵은 술을 마실 것, 오래된 책을 읽을 것, 옛 친구와 이야기할 것은 동일한 가치를 지닌 일이다. 과학에서는 가장 최신의 논문을 선택해서 읽고 문학에서는 가장 오래된 작품을 읽어라. 고전문학은 항상 현대적이다. 가치 있는 것은 새롭지 않으며 새로운 것은 가치가 있지 않다.

* 고전문학은 오래된 정신과 불변의 감성을 전해주는 유적입니다.

August 018

책은 생명이다

I want to go on living even after my death.

나는 죽은 뒤에도 계속 살고 싶다.

Annelies Marie Frank(「안네의 일기」 저자, 유대계 독일인 소녀)

책은 마음의 신성한 마취제이며 두뇌의 자녀이고, 나침반이며 망원경이고 도표이다. 책은 유일한 재산이요, 의사요, 건강이다. 책은 위대한 천재가 인류에게 남겨주는 유산이다. 책은 남달리 키가 큰 사람이고 세상 안에서의 더 훌륭한 세상이다. 책의 운명은 독자를 얼마만큼 갖느냐 하는 수용력에 달려 있다. 책과 친구는 수가 적고 좋아야 한다. 책이란 잘 이용하면 가장 좋은 것이고 악용하면 나쁜 것 중에서도 가장 나쁜 것이다. 책은 젊은이에게는 안내자요, 노인에게는 오락물이다.

* 책은 늘 옆에 두고 있어야 할 가장 좋은 친구이자, 스승입니다.

훌륭한 교양은 양식의 꽃이다

To live without Hope is to Cease to live.

희망 없이 사는 것은 죽는 것과 마찬가지다.

Fyodor Mikhailovich Dostoevskii(러시아의 소설가, 사상가)

꾸준히 교양에 귀를 기울여서 교화될 수 없을 만큼 야만적인 사람은 없다. 교양이란 세상에서 이야기되고 사색되어온 가장 훌륭한 것을 아는 것이다. 남자나 여자의 교양의 시금석은 싸울 때 어떻게 행동하는가이다. 교양의 목적은 가장 고상하고 가장 심원한 진리와 미의 종합에 대한 안목을 높이고 강화하는 것이다. 산다는 것은 천천히 태어나는 것이다. 인간의 성장은 자기 친구의 성공적인 합창 속에서 보인다. 모든 성장은 어둠 속의 도약이요, 생명이 유일한 증거이다.

*살아 있는 동안 교양과 품위를 잃지 않도록 하는 노력을 늘상 지속해야 합니다.

August 020

생각이 곧 그 사람이다

No one wants to die. Even people who wanna go to heaven don't wanna die to get there.

아무도 죽음을 바라지 않는다. 천국을 가기 바라는 사람이라도 그러기 위해 죽고 싶어 하지는 않는다.

Steve Jobs(미국의 실업가, 애플 창업자)

이성은 지성의 승리이며 광명이고 등불이다. 신앙은 마음의 승리요, 자비는 용서하는 것이요, 이성은 억제하는 것이다. 이성은 유일의 횃불이요, 정의는 숭배이다. 인간애는 신앙이고 사랑이며 행복은 선이다. 이성은 우리를 구원할 수 없다. 아무것도 할 수 없다. 그러나 이성은 살아 있는 잔인성을 누그러뜨릴 수는 있다. 인생의 안내자로 우리에게 필요한 것은 올바른 이성이 아니면 굴레이다. 생명이 있는 것은 모두 비합리적이며 합리적인 모든 것은 반생명적이다. 이성은 마음이 이성을 정복할 만큼 억세지 못한 사람을 모두 노예로 만든다.

* 이성은 본능을 통제하도록 인간에게 선사한 신의 고삐입니다.

사상보다 견고한 것은 없다

Man lives freely only by his readiness to die.

죽을 각오가 되었다면 자유롭게 살 수 있다.

Mohandas Karamchand Gandhi(인도의 변호사, 종교가, 정치 지도자)

정력은 시각을 지배하고 사상과 감정은 시대를 지배한다. 고상한 사상은 밝은 빛에서보다 어둠에서 더 생산된다. 학자는 입으로 먹은 것을 토하여 새끼를 기르는 큰 까마귀와 같은 자이고, 사상가는 뽕잎을 먹고 명주실을 토해내는 누에와 같은 자이다. 위대한 사상은 위대한 행동과 마찬가지로 나팔이 필요 없다. 사상은 세상의 문을 여는 열쇠이다. 사상은 인간의 목적을 궁극적으로 해답할 수 있는 과정이며, 언어보다 깊고 감정은 사상보다 깊다.

* 하나의 사상을 가지고 남에게 전달한다는 것은, 고귀한 자만이 할 수 있는 일입니다.

August 022

강한 사람의 이유가 언제나 최선이다

To study philosophy is nothing but to prepare one's self to die.

철학을 배우는 것은 죽음을 대비하는 것이다.

Marcus Tullius Cicero(로마의 정치가 문필가, 철학자)

먼저 온 사람이 먼저 대접받는다. 논리적으로 생각하려고 하지 않는 사람은 완고한 사람이고, 그렇게 생각할 수 없는 사람은 바보이고, 감히 그렇게 생각하지 않는 사람은 노예다. 형식적인 논리에서는 모순이 패배의 징조이다. 그러나 진정한 지식의 전개에서는 그것이 승리를 향한 전진적 첫걸음이 된다. 논리적 귀결은 어리석은 자의 허수아비요, 현자의 등대이다.

* 논리가 없는 주장은 속 빈 강정이고, 논리만으로 무장한 채 진실을 바라보지 못하는 주장은 공허한 외침입니다.

August 023

무지를 두려워 하지 마라

Happiness is a perfume you cannot pour on others without getting a few drops on yourself.

행복은 향수와 같다. 남에게 뿌려주면 반드시 본인에게도 퍼진다.

Ralph Waldo Emerson(미국 사상가)

모든 질문이 다 답할 가치가 있는 것은 아니다. 질문은 결코 지각없는 짓이 아니다. 자신이 남과 같지 못함을 부끄러워하여 자기보다 나은 사람에게 묻지 않는다면 이것은 고루하고 무식한 경지에다 영원히 자신을 가두어두는 것이 된다. 질문에 용감하라. 자신의 무지함을 드러내는 데에 부끄러워하지 마라.

* 모르는 것을 부끄러워할 것이 아니라, 모름에도 질문할 줄 모름을 더 부끄러워할 일입니다.

August 024

지성의 업적은 영혼처럼 영원하다

I will prepare and some day my chance will come.

준비하라. 기회는 언젠가 찾아온다.

Abraham Lincoln(미국의 제16대 대통령)

지성인은 항상 자기의 허영심에 의해 속고 있다. 신처럼 자기가 모든 것을 말로 표현할 수 있다고 자기 좋을 대로 억측한다. 자기의 지성을 강화하는 유일한 수단은 마음을 비우는 것이다. 지성인에게는 세 가지의 부류가 있는데 첫째는 혼자서 이해하는 사람이요, 둘째는 다른 사람이 이해하는 것을 알아차리는 사람이요, 셋째는 혼자서도 이해하지 못하면서 다른 사람의 가르침으로도 이해하지 못하는 사람이다. 그중 첫째가 가장 뛰어나며, 둘째는 좋으며, 셋째는 쓸모가 없다. 지성은 아무것도 가진 것이 없는 사람에겐 보이지 않는다. 가장 높은 지성은 산꼭대기와 같이 계명을 제일 먼저 알아차리고 반사한다. 역경에 처해 있을 적에는 차분한 마음을 간직하기를 잊지 말고, 영화를 누릴 적에는 거만한 기쁨에서 마음이 해이해진다는 것을 잊지 마라.

* 지성의 가장 큰 독은 오만입니다.

August 025

의지, 인간의 최고 논리

Love does not consist in gazing at each other, but in looking together in the same direction.

사랑이란 서로 바라보는 것이 아니라 함께 같은 방향을 바라보는 것이다.

Saint Exupery(프랑스 작가 조송사)

사람은 모두 눈을 가졌으나 냉철한 이성을 갖춘 사람은 드물다. 이성을 사용할 수 없는 자에게는 본능대로 하게 하라. 모든 일을 자신에게 굴복시키기를 바라거든 자신을 이성에 복종시켜라. 이성이 정신을 지배하는 곳에서는 평화가 그 시대를 지배한다. 우리는 절대적으로 이성을 따를 만큼 충분히 강하지 못하다. 인생은 인도적인 청부업이어야 한다.

* 이성적인 사람은 본능을 무조건 억제하는 것이 아니라 적절히 통제할 줄 압니다.

August 026

가르치는 것보다 배움이 더 안전하다

The biggest adventure you can take is to live the life of your dreams.

당신에게 있어 가장 큰 모험은 당신의 꿈 속에 사는 것이다.

Oprah Winfrey(미국의 여성 TV 사회자)

인간의 마음은 한쪽으로 치우치는 것이 항상 정측이요, 여러 면에 쏠리는 것은 예외이다. 의견은 궁극적으로 감성에 의해 결정되지 지성에 의해 결정되지 않는다. 세상에는 두 의션이 같은 적이 결코 없었다. 우리는 이미 해야 할 일은 하지 않고 하지 말았어야 할 일은 했다. 부인하기보다는 믿기가 항상 더 쉽다. 여자의 입으로 하는 부정은 부정이 아니다. 도량이 있는 사람은 마땅히 같은 의견과 다른 의견을 다 받아들인다.

* 자기 의견을 수정하거나 남의 말에 귀를 기울이는 것은 도량 깊은 사람만이 할 수 있는 일입니다.

August 027

판단이 약하면 편견이 강해진다

If you have no critics you'll likely have no success.

비판해 주는 사람이 없다면 성공도 없을 것이다.

Malcolm X(미국의 흑인 시민권 운동가)

언제나 일만 하는 자는 진정한 판단력을 가질 수 없다. 조급히 판단하는 자는 후회를 재촉한다. 대부분의 사람은 인간을 평판이나 재산으로만 판별한다. 최대한의 지식이 없이 판단하는 자는 오판을 면할 수 없다. 사물을 있는 대로 보려면 눈을 떠야 한다. 사물을 다르게 보려면 눈을 좀 더 떠야 하고, 있는 대로보다 더 훌륭하게 보려면 다 떠야 한다.

* 좁은 시야로는 어느 것도 제대로 볼 수 없고 제대로 판명할 수 없습니다.

August 028

학문에는 왕도가 없다

Love means not ever having to say that you are sorry.

사랑이란 결코 후회하지 않는 것이다.

Erich Wolf Segal(미국의 작가, 각본가, 교육자)

지성이 따르지 않는 학식은 아무짝에도 쓸모가 없다. 몸을 바르게 하는 방법에는 학문보다 더 좋은 것이 없다. 학문을 넓히는 길은 먼저 게으르지 않은 데에 있으며, 게으르지 않은 길은 뜻을 굳게 가지는 데에 있다. 자기만족은 학문의 적이다. 자기만족을 면하기 전에는 실제로 아무것도 배울 수 없다. 학문에는 옳고 그름이 있고 선비에는 진짜와 가짜가 있다. 귀로 들어가 입으로 나올 뿐 실천과 관계없다면 학문이 아니요, 말과 행동이 어긋나고 시속(그 시대의 풍속)에 따르기에 힘쓴다면 선비가 아니다. 학식은 현자를 더 현명하게 어리석은 자를 더 우둔하게 만든다.

* 지식만 늘린다고 현자가 되는 것이 아닙니다. 그에 걸맞은 지성을 지녀야 합니다.

August 029

배움을 멈추지 마라

If there were dreams to sell, what would you buy?

만약 꿈을 판다면 당신은 어떤 꿈을 사겠는가?

Thomas Lovell Beddoes(영국의 시인)

세상의 위대한 인물은 흔히 위대한 학자가 아니었고, 위대한 학자가 위대한 인물도 아니었다. 학자로 하여금 이 땅의 모든 책을 가지고 다니게 하라. 그래도 그는 걸어 다니는 사전에 불과할 것이다. 말에는 언제나 거짓이 없고 행동에는 언제나 과단성이 있다면 비록 무지한 소인일지라도 또한 가히 선비라 할 수 있다. 성인은 하늘을 바라고 현인은 성인을 바라며 선비는 현인을 바란다.

* 실천하지 않는 지식은 허울에 불과합니다.

어진이의 향기는 스스로 퍼진다

There is little success where there is little laughter.

웃음소리가 없는 곳에 성공은 없다.

Andrew Carnegie(스코틀랜드 출신의 미국 실업가, 철강왕)

현인은 자기 적에게서 많은 것을 배운다. 현인은 자신이 지배받는 것을 허용하지도 않고 남을 지배하려고 시도하지도 않는다. 현명한 사람이 있는 곳은 호랑이와 표범이 산에 있는 형세 같고, 공도가 실현되는 곳에는 마치 해와 달이 중천에서 밝게 비춤과 같아서 여우와 살쾡이는 넋을 잃고 도망쳐 숨고, 어두운 그늘은 밝은 빛을 바라보며 흩어져 없어진다. 현명한 사람은 오늘의 자신을 내일을 위하여 보존하며 알을 모두 한 바구니에 넣어두는 모험은 하지 않는다. 가장 현명한 사람은 자기가 전적으로 현명하다고는 환상하지 않는 자이다. 지나치게 현명하지 않은 자가 현명한 것이다.

* 자신의 현명함을 내세우는 사람은 현명하지 않은 사람입니다.

August 031

배워라, 배워라, 또 배워라

If you want the rainbow, you gotta put up with the rain.

무지개를 보고 싶다면 비를 참아라.

Dolly Rebecca Parton(미국의 싱어 송 라이터, 배우)

어리석은 자와 현명한 자는 출발점, 즉 출생과 결승점, 곧 죽음에서는 서로 똑같다. 그들은 다만 인생의 경주에서만 다르다. 현인도 지혜가 지나치면 바보가 된다. 어리석은 사람과 현명한 사람들은 다 같이 무해하다. 가장 두려워해야 할 사람들은 반은 현명하고 반은 어리석은 사람들이다. 태어날 적부터 현명하거나 박식한 사람은 없다. 자유로운 것이 필연적으로 현명한 것은 아니다. 지혜는 공동의 이익으로 결합한 구속받지 않는 사람들의 솔직하고 자유로운 토론을 수반하는 회의에서 생긴다.

* 학식도 무식도 자기 나름의 선택에 의해 좌우됩니다.

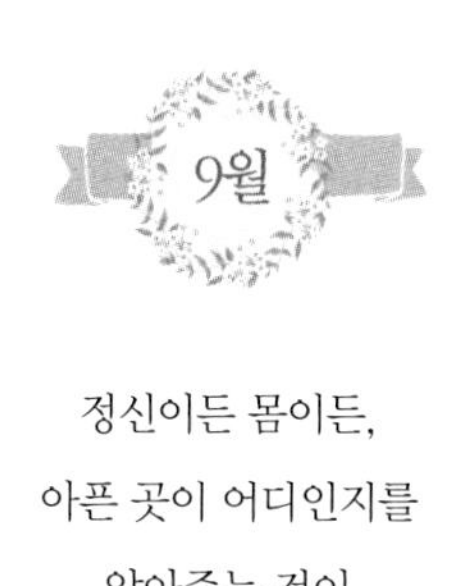

정신이든 몸이든,

아픈 곳이 어디인지를

알아주는 것이

치료의 첫 걸음입니다.

September

September 001

바보는 칭찬해줄 더 큰 바보를 찾는다

Do what you feel in your heart to be right for you'll be criticized anyway.

당신 마음이 옳다고 여기는 것을 하라. 어차피 비판을 당하기는 마찬가지다.

Eleanor Roosevelt(미국의 영부인, 인권 운동가)

바보들은 분별력이 있는 사람들의 웃음거리로 태어났다. 바보들에게 감사하자. 그들이 없었다면 우리는 성공하지 못했을 것이다. 여자와 술과 노래를 사랑하지 않는 자는 평생 바보로 남는다. 늙은 바보는 젊은 바보보다 더 큰 바보이다. 재능을 지닌 바보는 더러 있지만, 판단력을 갖춘 바보는 결코 없다. 바보는 언제나 자기 이외의 사람을 바보라고 믿고 있다. 미련한 자는 자기 행위를 바른 줄로 여긴다.

* 진짜 바보는 자신이 바보인 줄 모르는 사람입니다.

현실에 강한 자가 성공한다

Success is not the key to happiness. Happiness is the key to success. If you love what you are doing, you will be successful.

성공은 행복의 열쇠가 아니다. 행복이 성공의 열쇠다. 만약 자신이 하고 있는 일이 좋다면 당신은 성공한다.

Albert Schweitzer(프랑스의 철학자, 의사 노벨 평화상 수상)

부정적인 사고는 소극적인 행동을 낳고 실패를 불러온다. 무슨 일이든 나는 할 수 있다는 긍정적인 사고를 하라. 그리고 적극적으로 행동하라. 용기 있는 자만이 성공할 수 있다. 최선을 다했을 때 두려움은 사라진다. 성공은 오늘도 내일도 항상 그 자리에 우뚝 서 있다. 내가 오기를 기다린다. 무슨 일이든 불가능하다고 생각 마라. 또 적당히 대충하려고 하지 마라. 그러면 결코 좋은 결과를 기대할 수 없다. 최후의 승리는 인내하는 사람에게 있다. 성공은 긍정적인 사고와 적극적인 행동을 하는 사람의 몫이다. 노력은 근검과 인내의 소산이다.

* 성공과 희망은 내 안에서 내가 발견해주기를 기다리고 있습니다.

September 003

철학은 최상의 음악이다

Since the day of my birth, my death began its walk. It is walking toward me, without hurrying.
나는 태어나면서부터 죽음을 향해 걷기 시작했다. 서두르지 않고 죽음을 향해 가고 있다.

Jean Cocteau(프랑스의 시인, 소설가, 예술가)

철학은 사상의 현미경이다. 역경에서의 달콤한 우유이며 분별 이외의 아무것도 아니다. 위대한 철학은 흠 없는 철학이 아니라 두려움 없는 철학이다. 철학을 비웃는 것이 진정 철학 하는 것이다. 철학은 과거와 미래의 악덕을 정복한다. 인류의 역사에 행복한 철학자의 기록은 없다. 인간의 가장 원시적인 관계는 남녀와 그 자식들 사이의 관계이며 어떤 생활 철학도 이 기본적인 관계를 문제 삼지 않는다면 철학으로서 만족스럽다고 할 수 없다.

* 철학은 삶의 가장 기본적인 부분에 대한 질문부터 시작합니다.

과학은 사실의 집합이다

Do what you feel in your heart to be right for you'll be criticized anyway.

당신 마음이 옳다고 여기는 것을 하라. 어차피 비판을 당하기는 마찬가지다.

Eleanor Roosevelt(미국의 대통령 영부인, 인권 운동가)

과학은 마음의 노력이고 수예품이다. 모든 과학은 일상에서 생각하는 것의 정화에 불과하다. 과학은 무지의 지형학이며 조직화한 지식이고 진리의 추구이다. 지식은 행복이 아니며 과학은 무지를 그 외의 다른 무지와 바꾸는 것에 지나지 않는다. 과학은 움직인다. 그러나 아주 천천히 한 지점에서 한 지점으로 계속 기어간다.

* 인간은 주술을 과학으로 전환하며 문명을 발전시켜왔습니다.

September 005

역사란 국민의 나침반이다

Man is unhappy because he doesn't know he's happy. It's only that.

사람이 불행한 것은 자신이 행복하다는 것을 모르기 때문이다. 단지 그 때문이다.

Fyodor Mikhailovich Dostoevskii(러시아의 소설가, 사상가)

역사는 참으로 시대의 증인이요 진실의 등불이다. 역사란 풀지 않은 예언의 두루마리이고 지나간 정치이다. 정치는 현재의 역사이고 인간의 기억 위에 시간에 의해 쓰인 전설이다. 세계의 역사는 세계의 심판이다. 학문의 역사는 학문 그 자체이고 개인의 역사는 개인 그 자체이다. 누구나 역사를 만들 수 있지만 위대한 자만이 역사를 기록할 수 있다. 역사의 주요 임무는 덕행은 잊히지 않게 하며, 나쁜 언사와 행위는 후세의 악명을 마땅히 겁내게 하는 것이다.

* 역사를 모르는 자에게 미래는 없습니다.

September 006

기하학에는 왕도가 없다

There is no path to peace. Peace is the path.

평화로 가는 길은 없다. 평화야말로 길이다.

Mohandas Karamchand Gandhi(인도의 변호사, 종교가, 정치 지도자)

수학은 과학의 여왕이며 필연적 결론을 끌어내는 과학이다. 수학은 옳게 보면 진실일 뿐만 아니라 최고의 미다. 수학자는 화가나 시인처럼 모형을 만드는 자이다. 수학은 인간적인 것으로부터 더욱 멀리, 현실 세계뿐 아니라 모든 가능한 세계들까지도 순종해야 하는 절대적 필연의 영역이다.

* 수학은 절대 미를 추구하는 학문입니다.

September 007

불행의 근원을 아는 것이 행복

Love is like a flower – you've got to let it grow.

사랑은 키워야만 하는 꽃과 같은 것이다.

John Lennon(영국의 뮤지션, 비틀즈 리더)

의사는 병의 원인이 발견되면 그 치료법이 발견된다고 생각한다. 효험 있는 치료약은 그만큼 큰 통증을 수반한다. 인간의 사랑이 있는 곳에 이 기술의 사랑이 있으며 어떤 환자들은 비록 그들이 상태가 위험하다는 것을 의식하고 있을지라도 단순히 의사의 친절에 대한 만족감으로 말미암아 건강을 회복하기 때문이다. 또 건강을 회복시키기 위하여 병든 자들을 간호함이 좋으며, 건강을 유지하기 위하여 건강한 자들을 돌봄이 좋고, 알맞은 것을 관찰하기 위하여 자신을 돌봄이 역시 좋다.

* 정신이든 몸이든, 아픈 곳이 어디인지를 알아주는 것이 치료의 첫 걸음입니다.

September 008

문명은 참다운 노력의 산물

To fear love is to fear life, and those who fear life are already three parts dead.
사랑을 두려워하는 것은 인생을 두려워하는 것이다. 인생을 두려워하는 것은 이미 죽은 것과 마찬가지다.

Bertrand Arthur William Russell(영국의 철학자, 노벨 문학상 수상)

우리가 야만인이라고 부르는 것은 풍습이 우리와 다르기 때문이다. 진정으로 강한 문명은 인간을 작위적이지 않게 충족시킨다. 우리는 우리의 문명을 계획하여야 하며 그렇게 하지 못한다면 멸망해야 한다. 문명은 때때로 혁명의 화산에 얇은 지각을 형성해왔다. 참다운 문명이란 사람마다 남에게 자신을 주장하는 모든 권리를 주는 데 있다. 문명이란 무한하고 조리 없는 동질성으로부터 뚜렷하고 조리 있는 이질성으로 향하는 발전이다.

* 고결한 정신적 가치를 유지하지 못한다면, 문명의 발달이 야만을 모면할 수 없습니다.

September 009

필요는 부끄러움을 모른다

Immature love says: "I love you because I need you." Mature love says: "I need you because I love you."

미숙한 사랑이 말한다. '사랑하고 있다. 당신이 필요하기 때문에' 성숙한 사랑은 말한다. '당신이 필요해. 사랑하고 있기 때문에'

Erich Seligmann Fromm(독일 사회 심리학자, 정신분석학자)

필요는 가장 확실한 이상이고 최후의 가장 강한 무기이며 발명의 어머니다. 굶주린 자는 먼 곳의 고기 냄새를 맡는다. 필요는 어리석은 인간을 현명하게 되도록 해준다. 필요에는 법이 없다. 신들조차 필요와 맞서 싸우지 않는다. 필요는 모든 인간 자유의 침해 구실이다. 그것은 독재자들의 논법이고 노예들의 강령이다. 필요는 주제이며 법률이다.

* 필요는 모든 것을 창조하는 동력이자, 모든 이를 굴종케하는 수단이 되기도 합니다.

September 010

이 세상에 쓸모 없는 것은 없다

Your love makes me at once the happiest and the unhappiest of men.

당신의 사랑은 가장 행복한 남자로 만드는 동시에 가장 불행한 남자로도 만든다.

Ludwig van Beethoven(독일의 작곡가)

전문가란 작은 일일수록 더 많이 아는 사람이다. 인간의 요구를 이해함은 그것을 충족시키는 일이 태반이다. 나무가 죽으면 그곳에 다른 것을 심어라. 목마른 자는 말없이 마신다. 싸다고 해서 필요치 않은 것은 절대 사지 마라. 그것이 싸다 해도 너에겐 비싼 것이다. 효용은 사람으로 하여금 준비하게 한다. 곧은 나무는 먼저 베이고 단 샘물은 먼저 마르는 법이다.

* 필요한 것을 취하고 필요하지 않은 것은 취하지 않는 것이 지혜입니다.

September 011

발전이 없으면 반드시 퇴보한다

Absence sharpens love, presence strengthens it.

당신이 없을 때 사랑이 연마되고 당신이 있을 때 사랑은 강해진다.

Thomas Fuller(영국의 성직자, 역사가)

하나의 발전은 더 큰 발전을 위한 밑거름이 되어야 하고 오늘의 기쁨은 내일의 영광을 위한 분발의 계기가 되어야 한다. 발전과 변화가 있는 곳에는 언제나 새로운 문제와 난관이 뒤따르게 마련이다. 우리 시대는 대치의 시대이다. 언어 대신 은어가 있고, 원리 대신 슬로건이 있고, 진지한 아이디어 대신 영리한 아이디어가 있다. 발전은 힘이 아니라 과정이며, 명분이 아니라 법칙이다.

* 발전은 살아 있는 모든 것의 숙명입니다.

September 012

인간은 환경의 지배를 받는다

We waste time looking for the perfect lover, instead of creating the perfect love.

우리는 완벽한 사랑을 만드는 대신에 완벽한 연인을 찾기 위해 시간을 낭비한다.

Tom Robbins(미국의 소설가)

모든 사물은 조물주의 손에서 나올 때는 완전하며 인간의 손에서 타락한다. 오늘날 대부분의 사람은 소란한 절망의 생활을 이끌어간다. 자기의 국토를 파괴하는 국가는 국가 자체를 멸망시킨다. 우리는 쓰레기를 주요 산물로 하는 환경에 살고 있다. 그러한 사회에서의 잘 닦은 구두란 더럽히지 않고도 쓰레기더미 위에서 번영할 수 있다는 거짓말을 장려하므로 위선적인 진술이다. 우리가 학대하는 대지와 우리가 죽이는 모든 생물은 결국 복수를 할 것이다.

*인류가 자연을 잃는 것은 우리가 사는 집을 잃는 것과 같습니다.

September 013

국가의 주인은 국민이다

First love is only a little foolishness and a lot of curiosity.

첫 사랑은 약간의 어리석음과 넘아도는 호기심이다.

George Bernard Shaw(아일랜드 극작가 노벨 문학상 수상)

천하는 국가의 근본이고, 국가는 고을의 근본이고, 고을은 집의 근본이고, 집은 사람의 근본이고, 사람은 몸의 근본이고, 몸은 다스림의 근본이다. 크기는 위대함의 척도가 될 수 없으며, 영토가 국가를 만들지 않는다. 국가의 명예를 지키는 데 모든 것을 기꺼이 걸지 않는 나라는 가치가 없다. 국가는 현인을 육성하기 위해 존재하므로 현인의 출현과 더불어 국가는 시효가 끝난다. 부자는 더욱 부해지고 빈자는 더욱 가난해졌다. 국가가 사람을 위해 만들어졌지 사람이 국가를 위해 만들어지지 않았다. 국가의 참된 지혜는 경험이다. 정치가 어지러워지면 국가가 위태롭고 쇠망한다.

* 어진 정치는 국민을 현인으로 만들고, 망할 나라의 정치는 국민을 우매하게 만듭니다.

September 014

국가 무엇일까?

The first symptom of true love in man is timidity, in a girl it is boldness.

진정한 사랑의 징후는 남자에게서는 겁쟁이로, 여자에게서는 대담함으로 나타난다.

Victor, Marie Hugo(프랑스 낭만주의 시인, 소설가)

국가는 내일을 위한 계획을 세우고 있다는 사실에 의하여 형성되고 생명이 유지된다. 국가의 재산은 결국 국가를 구성하는 개인의 재산이다. 국고는 텅 비고, 대신의 창고는 충실해지며, 대대로 떠들어와 사는 자들은 부해지고, 농사짓는 사람들은 곤궁해지고, 사업이나 공업에 종사하는 사람들이 이득을 크게 올리면 나라는 망한다. 강대국의 책임은 세계를 지배하는 것이 아니라 세계에 봉사하는 것이다.

* 국민의 삶의 기본을 돌보지 않는 나라는 망하고 맙니다.

September 015

애국심은 인류애와 같다

Love is something eternal; the aspect may change, but not the essence.

사랑은 영원불멸의 것이다. 모습을 바꿀 수는 있어도 본질을 결코 변하지 않는다.

Vincent van Gogh(네덜란드 출신의 포스트 인상파 화가)

인간은 자기 자신만을 위하여 태어난 것이 아니라 조국을 위하여 태어났다. 애국심은 박애와 같아 집에서 시작된다. 애국심이란 감정으로서는 나쁘고 해로운 감정이요, 주의로서는 미련한 주의라는 것은 분명한 것 같다. 그러나 국가를 구하는 자는 법을 어기지 않는다. 국민 된 의무로 내 몸을 죽여 어진 일을 이루고자 하는 정신은 숭고하다. 행동으로써 조국에 봉사하는 것은 명예로운 일이요, 말로만 봉사하더라도 멸시를 받을 일이 아니다.

* 나라를 지키고자 하는 마음은 가족을 지키고자 하는 마음으로부터 나옵니다.

September 016

충성은 성스러운 선이다

When you give yourself, you receive more than you give.

당신 자신을 주면 준 것 이상의 것을 받게 될 것이다.

Saint Exupery(프랑스 작가 조종사)

불멸의 희망이 없이는 아무도 조국을 위해 스스로 목숨을 바치지 않았을 것이다. 개나 말도 그 주인을 그리워하거늘 어찌 사람의 신하된 자 그 임금을 잊을 수 있으랴. 비록 모진 바람에도 쓰러지지 않는 굳센 풀은 되지 못할지언정 겨울에도 시들지 않는 송백이 되리라. 감정을 중요시하지 않는 국민은 국민임을 끝내는 과정에 있다. 똑바른 길은 목표 이외의 어느 곳으로도 인도하지 않는다.

*나라를 향한 애국지심은 나라와 나 자신의 굳건한 근본을 세우는 지지대입니다.

자유가 있는 곳에 내 조국이 있다

Love does not dominate; it cultivates.

사랑은 지배하지 않는다. 사랑은 키우는 것이다.

Johann Wolfgang von Goethe(독일의 시인, 극작가, 정치가)

자기의 조국을 모르는 것보다 더한 수치는 없다. 자기의 조국은 어디든 자기가 잘 지낼 수 있는 곳이다. 내가 가장 번영하는 곳에 나의 조국이 있다. 우리의 조국이란 우리의 마음이 묶여 있는 곳이다. 명분을 명성보다 높이 놓고, 경기를 상보다 사랑하고, 두려움 없는 눈으로 다가오는 적을 때려눕히고, 싸움의 인생을 좋게 여기며, 너를 낳은 땅을 사랑하고, 지상의 모든 용감한 자들을 한데 묶는 형제애를 더욱 사랑하라.

*나를 낳은 땅을 사랑하고, 어디서든 잊지 않는 것이 애국심입니다.

September 018

인재의 등용이 정답

With love one can live even without happiness.

사람은 사랑만 있으면 행복은 없어도 살 수 있다.

Fyodor Mikhailovich Dostoevskii(러시아의 소설가, 사상가)

지배자로 하여금 벌은 천천히 주고 보상은 신속히 해주도록 하라. 소수가 다수의 지배를 받아야 한다는 것은 좋은 일이 아니다. 신뢰도 모르고 사랑도 법도 모르는 것, 전능하나 친구가 없는 것이 통치하는 것이다. 부드러움도 쓸 곳이 있고 굳셈도 쓸 곳이 있으며, 약함도 쓸 곳이 있고 강함도 쓸 곳이 있다. 민심을 따르면 정치가 흥하고 민심을 거역하면 정치가 패망한다. 남을 다스리려는 자는 우선 자신의 지배자가 되어야 한다. 시치미 뗄 줄 모르는 자는 다스릴 줄을 모른다.

* 나를 다스리지 못하는 자는 그 누구도 다스릴 수가 없습니다.

September 019

좋은 리더는 주변인을 신뢰한다

There is more pleasure in loving than in being beloved.

사랑하는 기쁨은 사랑받는 기쁨보다 훨씬 더 크다.

Thomas Fuller (영국의 성직자, 역사가)

대중을 통솔하는 방법에는 오직 위엄과 신의가 있을 따름이다. 위엄은 청렴에서 생기고, 신의는 충성에서 나온다. 은혜를 베풀어나간다면 능히 천하도 보전할 수 있지만, 은혜를 베풀어나가지 않는다면 자신의 처자도 보전하기 어려운 법이다. 위에서 백성을 속이는 일이 날로 많아지면 백성들이 어찌 거짓을 취하지 않을 수 있겠는가. 무릇 되풀이하지 못할 말이나 두 번 다시 못할 행동은 국가를 다스리는 사람으로선 절대로 삼가야 한다.

* 신임을 잃은 지도자는 모든 것을 잃은 것과 다름없습니다.

September 020

덕으로 베풀라

Courage is like love; it must have hope for nourishment.

용기는 사랑과 같은 것이다. 키우기 위해서는 희망이 필요하다.

Napoleon Bonaparte(프랑스 황제, 정치가, 군인)

가장 잘 통치할 수 있는 자가 통치해야 하며, 가장 크게 지배하는 사람들은 가장 작은 소리를 낸다. 윗사람이 예의를 존중하기만 하면 백성은 저절로 통치하기 쉬워진다. 물이 탁하면 물고기가 허덕이고 정치가 가혹하면 백성들이 흐트러진다. 남에게 봉사함으로써만 남을 통치할 수 있다. 내가 덕을 베풀면 그들은 충성으로 보답할 것이요, 내가 학정을 베풀면 그들은 원망으로 보답할 것이다.

* 윗물이 맑아야 아랫물이 맑다는 속담은 지도자가 가장 명심해야 할 말입니다.

September 021

지도자는 희망을 파는 상인

Love seems the swiftest, but it is the slowest of all growths.

사랑은 가장 빨리 자라는 것처럼 보이지만 가장 늦게 자라는 것이다.

Mark Twain(미국의 소설가, 「톰소여의 모험」 저자)

대통령은 전체 국민의 대표자이자, 유일한 원외 활동가이다. 대통령은 정부를 이끌어가기 위해 정치적 이해가 필요하다. 대신이 어진 임금을 만나면 능히 삼대의 정치를 회복하고, 충신이 국정을 맡으면 능히 나라가 위태롭고 망하는 재앙을 없앨 수도 있다. 도로써 마음으로 삼으면 달이 허공에 밝고 인으로써 나라를 다스리면 해가 한낮에 빛난다. 대통령이 국민들을 안락하게 해주지 않으면 국민들도 대통령을 사랑하지 않고, 대통령이 국민들을 잘살게 해주지 않으면 국민들도 나라를 위하여 목숨을 내놓지 않는다. 갈 것이 가지 않으면 올 것도 오지 않는 법이다.

* 가는 것이 있어야 오는 것이 있다는 것은, 국정 책임자와 국민의 관계에서도 엄연한 진리입니다.

September 022

순종은 모든 문의 열쇠

You must love him, ere to you. He will seem worthy of your love.

사랑할 가치가 있는 상대인지 생각하기 전에 사랑하라.

William Wordsworth(영국의 낭만파 시인)

명령하기 전에 복종하기를 배우라. 현인은 예로써 정치하여 사람들은 허리를 굽혀 복종한다. 성인은 덕으로써 정치하여 이에 사람들은 마음속으로부터 즐겨 복종한다. 허리를 굽혀 복종하는 것은 처음엔 잘 되어가지만, 꼭 끝까지 잘 되리라고는 단언할 수 없다. 인간성이 할 수 있는 모든 선은 순종 속에 포함되어 있다. 복종은 성공의 어머니요 안전의 아내다. 상냥한 명령 속에 숨겨진 큰 힘이 있다. 이 세상 풍습에 죽은 성인은 찬양하고 살아 있는 성인은 박해한다. 진실은 압박하는 자를 반대한다.

* 억지로 눌러 고개 숙이게 하는 폭압으로는 진정한 복종을 이끌어낼 수 없습니다.

September 023

국민을 두려워하라

Love is only known by him who hopelessly persists in love.

기대하지 않고 사랑하는 자만이 진정한 사랑의 맛을 안다.

Friedrich von Schiller(독일의 시인, 역사학자, 극작가, 사상가)

국민은 주인이다. 대통령은 배요, 국민은 물이다. 물은 배를 뜨게도 하지만 엎어뜨리기도 한다. 양식은 국민 생활의 바탕이고, 국민은 나라의 바탕이고, 나라는 임금의 바탕이다. 국민들이 어진 정치에 따라가는 것은 마치 물이 높은 곳에서 낮은 곳으로 흐름과 같으니라. 천하는 한 사람의 천하가 아니며 천하 만민의 천하인 것이다. 국가는 국민을 근본으로 삼고 국민은 먹는 것으로써 근본으로 삼는다. 진정한 부는 그 나라 젊은이에게 있다. 그들이 초라하고 비참하고 병들었다면 그 나라는 가난하고 멸망한다.

* 민심을 무시하는 정치는 모반과 패망을 불러일으킵니다.

September 024

곳간에서 인심난다

Love is composed of a single soul inhabiting two bodies.

사랑이란 두 개의 육체에 깃든 하나의 영혼에 의해 만들어진다.

Aristoteles(고대 그리스 철학자)

국민으로서의 양심을 깨끗이 하면 국민으로서의 눈은 곧 밝아질 것이다. 아무리 국토가 커도 정착하지 않으면 국토가 아니요, 아무리 고관대작이라 할지라도 충성으로 임금을 섬기지 않으면 고관이 아니요, 아무리 백성이 많아도 친화하지 않으면 백성이 아니다. 국민의 말은 신성하다. 민족 사회에 대하여 스스로 책임감이 있는 이는 주인이요, 책임이 없는 이는 나그네이다. 풍년이 든 때에는 국민들은 어질고도 착하지만, 흉년이 든 때에는 인색하고도 악해지는 것이다.

* 국민이 나라의 주인이 되는 것은, 국민의 마음으로부터 비롯됩니다.

민족주의는 사랑이다

It is love, not reason, that is stronger than death.

죽음보다 강한 것, 그것은 이성이 아니라 사랑이다.

Thomas Mann(독일의 소설가)

모든 사상도 가고 신앙도 변한다. 그러나 혈통적인 민족만은 영원히 흥망성쇠의 공동 운명의 인연에 얽힌 한 몸으로 이 땅 위에 나는 것이다. 애국심은 민족주의의 예찬이다. 우리에게 알맞은 사회를 만들자는 것이 민족주의이다. 위에서 사람을 다스리는 것은 정치요, 재주를 발휘하는 것은 기술이다. 기술은 정치에 지배되고, 정치는 정의에 지배되며, 정의는 덕에 지배되고, 덕은 도에, 도는 하늘에 지배된다. 민족주의자는 넓은 증오를 좁은 사랑으로 극복하는 자이다.

* 민족은 혈맥만으로 유지되는 것이 아니라, 면면한 정신으로 이어집니다.

September 026

민족주의가 애국심을 낳는다

The magic of first love is our ignorance that it can never end.

첫 사랑의 매력은 사랑이 언젠가는 끝난다는 것을 모른다는 점에 있다.

Benjamin Disraeli(영국의 정치가, 소설가)

민족주의는 정지된 것이 아니라 영원히 계속되는 행진이다. 민주주의의 의식과 향연과 그 위대한 기능은 선거이다. 민주주의 국가의 기초는 자유이다. 천하의 근본은 나라에 있고, 나라의 근본은 가정에 있으며, 가정의 근본은 수신에 있다. 민주주의는 우리가 필요할 때마다 국민들에게 주는 명칭이다. 민주주의는 내가 너와 같이 훌륭하다는 뜻이 아니라 네가 나와 같이 훌륭하다는 뜻이다.

* 민주주의는 국민을 하나로 묶어 민족주의를 유지하는 수단이 된다.

September 027

진보는 우연이 아니고 필연이다

There is no remedy for love but to love more.

사랑에 대한 치료법은 더욱 사랑하는 것뿐이다.

Henry David Thoreau(미국의 작가, 시인, 사상가)

인생에서의 진보는 어떤 것이든 적응을 통해서가 아니라 감행을 통하여 맹목적인 충동을 복종함으로써 생긴다. 날마다 진보하지 않는 자는 반드시 날마다 퇴보한다. 세상을 이해하려는 욕망과 세상을 개혁하려는 욕망은 진보의 두 가지 원동력이다. 이지적인 사람은 자신을 세상에 적응시킨다. 이기적인 사람은 세상을 자신에게 적응시키려고 고집한다. 진보의 가장 큰 몫은 진보하려는 욕망이다.

* 한 발짝 나아가려는 욕망과 그 실현이 오늘과 다른 내일을 살게 합니다.

정치, 인간을 행복하게 하는 기술

Love is the greatest refreshment in life.

인생에서 가장 훌륭한 치유법, 그것이 사랑이다.

Pablo Picasso(스페인 출신의 화가, 조각가)

정치란 정의다. 바르게 다스리려는 통치자 아래 부정을 저지르는 백성이 있을 수 없다. 정치는 대중이 의당 자기와 관련되는 일에 참여하지 못하도록 막는 기술이다. 정치는 보잘것없는 희망과 겸손한 요구가 있는 곳이다. 인간성에 대한 지식은 정치교육의 시작이요 끝이다. 정치에서보다 환경의 힘이 더 분명한 것은 없다. 상하가 서로 믿으려는 성실이 없음, 신하들이 자기 일의 책임을 지려는 성실이 없음, 백성들의 마음이 선으로 향하려는 성실이 없음이 안타깝다. 정치에는 때를 아는 것이 중요하고 일에는 성의껏 노력하는 것이 중요하다.

* 정치는 선량함과 악함을 두루 지닌 사람을 이해하는 인간학에서부터 시작합니다.

권력은 결국 악이다

At the touch of love, everyone becomes a poet.

사랑에 빠지면 누구나 시인이 된다.

Platon(고대 그리스 철학자)

모든 정치권력은 위탁이다. 호랑이나 표범이 사람들을 이기고 여러 짐승을 잡아먹을 수 있는 것은 그의 발톱과 이빨 때문이다. 권력은 모든 인도적이고 온순한 미덕을 마음에서 조절시킨다. 다양한 지식을 가졌으나 권력을 갖지 못한 것이 인간들 사이의 가장 쓰라린 고통이다. 부귀와 명예가 도덕적으로부터 온 것은 수풀 속의 꽃과 같으니 절로 잎이 피고 뿌리가 뻗을 것이다. 권리를 얻기 위하여 자유를 팔지 마라.

* 권력은 수단이지 그 자체가 추구해야 할 가치가 될 순 없습니다.

September 030

모든 길은 로마로 통한다

Perfect love is the most beautiful of all frustrations because it is more than one can express.

완전한 사랑이란 가장 아름다운 욕구불만이다. 왜냐하면 그것은 언어 이상의 것이기 때문이다.

Charles Chaplin(영국의 배우, 영화감독)

강자를 두려워할 필요는 없다. 사람을 다루는 데 필요한 것은 그들을 제압하는 방법을 아는 것이다. 권력의 증가는 재화의 증가를 낳는다. 권력 투쟁에서 최고의 승진과 멸망 사이의 중간 과정은 없다. 권세와 명리의 시끄러움은 애당초 이를 가까이하지 않는 이가 깨끗하지만 이를 가까이하고서도 물들지 않는 이가 더욱 깨끗하다. 지혜 없는 권세는 날 없는 무거운 도끼와 같아서 다듬기보다는 상처를 주기에 더 알맞다.

* 권력을 잡고 올바른 힘을 발휘하는 일은 무엇보다 힘들지만, 이를 해낼 수 있는 사람이 힘을 가질 자격이 있습니다.

Always do right. This will gratify

some people and astonish the rest.

항상 옳은 일을 하라. 어떤 이들은 그것에 만족하고

남은 사람들은 깜짝 놀랄 것이다.

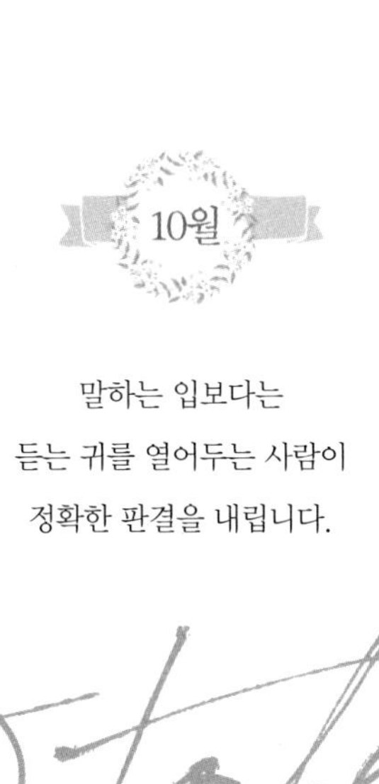

10월

말하는 입보다는
듣는 귀를 열어두는 사람이
정확한 판결을 내립니다.

October

October 001

소탐대실

True love is like ghosts, which everybody talks about and few have seen.

진정한 사랑이란 모두가 말하고 있지만 실제로 본 사람은 한 명도 없는 마치 유령과도 같은 것이다.

La Rochefoucauld(프랑스 귀족, 모럴리스트 문학자)

국가의 부정은 국가 몰락으로의 가장 확실한 길이다. 불공평을 씨 뿌리는 자는 슬픔을 거둬들일 것이다. 부정한 이득보다는 손실을 택하라. 손실은 순간의 고통을 가져오지만 부정한 이득은 영원한 고통을 가져온다. 아직도 살아 있는 사회의 으뜸가는 부패의 징조는 목적이 수단을 정당화시키는 것이다. 낙타가 일단 텐트 속에 코를 넣으면 몸뚱이는 곧 따라 들어간다.

* 부정하게 얻는 이득은 당장의 손실을 감수하는 것보다 결국 더 큰 손실을 불러옵니다.

October 002

정치의 근본

Men always want to be a woman's first love. Women like to be a man's last romance.

남자는 항상 여자의 첫 사랑이길 바라고, 여자는 남자의 마지막 연인이 되길 바란다.

Oscar Wilde(아일랜드의 시인, 작가, 극작가)

성인이 정치하는 근거가 되는 도에 세 가지가 있다. 첫째는 이익이요, 둘째는 위세요, 셋째는 명분이다. 나라에 네 줄기란 첫째 예, 둘째 의, 셋째 염, 넷째 치를 말한다. 예란 절도를 넘지 않음이고, 의란 스스로 나서지 않음이고, 염이란 악을 감싸지 않음이고, 치란 사악함에 따르지 않음이다. 힘과 폭력으로 우리의 제도를 전복시키려는 선동으로부터 사회를 보호해야 할 중요성이 클수록 정부가 국민의 의사에 공명하고 그렇게 되기를 원한다면 변화가 평화로운 방법에 의해서 이루어질 수 있도록 하려는 목표에서 자유가 필요하다.

* 정치가 정도를 걷지 않으면, 국민은 선동하는 무리에 현혹되기 마련입니다.

October 003

이상과 현실

Efforts and courage are not enough without purpose and direction.

목적과 방침이 없다면 노력과 용기만으로는 충분하지 않다.

John Fitzgerald Kennedy(미국의 35대 대통령)

좋은 정부보다 더 좋은 것은 국민 전체가 역할을 갖는 정부이다. 지도자는 국민을 사랑하고 국민에게 이득을 주고 국민을 부유하게 해주고 국민을 안락하게 해주어야 한다. 위에는 두려운 하늘이 있고 아래에는 두려운 국민이 있어 정치를 편안히 하면 태산이 움직이지 않음과 같고, 위태로이 하면 달걀을 포개놓아 무너지기 쉬움과 같다. 가장 적게 통치하는 정부가 가장 훌륭하다는 것은 전적으로 옳은 말이다. 사회의 행복이 정부의 목표이다.

*가장 훌륭한 선정을 펼치는 나라에선 국민들이 정치에 관심이 없습니다.

October 004

법은 최소한의 도덕

Example is not the main thing in influencing others. It is the only thing.

남을 움직이기 위해서는 모범을 보여주는 것이 중요하다. 아니, 그것뿐이다.

Albert Schweitzer(프랑스의 철학자, 의사 노벨 평화상 수상)

생명과 재산과 명예를 지켜주는 것이 나라의 법도다. 예의와 문물제도를 정하고 마련하려면 원칙을 알지 못하면 안 되고, 자료를 분별해 활용하려면 본질을 알지 못하면 안 되고, 국민을 친화하여 일치단결시키려면 법을 알지 못하면 안 되고, 기풍과 풍습을 교화 향상하려면 덕화의 이치를 알지 못하면 안 되고, 대중을 움직이게 하려면 통함과 막힘에 대하여 알지 못하면 안 되고, 영을 내리어 반드시 따르게 하려는 지도자로서의 마음가짐과 정신자세를 가질 줄 모르면 안 된다.

* 지도력의 기본은 모든 것을 두루 살피는 섬세함과 소통 능력에 있습니다.

October 005

국민의 소리는 강력한 힘이다

Good leaders must first become good servants.

훌륭한 리더가 되려면 먼저 좋은 부하가 되어야 한다.

Robert K. Greenleaf(미국의 인간 존중 리더십의 제창자)

천하를 얻는 데 길이 있으니 국민의 지지를 얻으면 곧 천하를 얻을 것이다. 국민의 지지를 얻는 데 길이 있으니 국민의 마음을 사로잡으면 곧 국민의 지지를 얻을 것이다. 국민의 마음을 사로잡는 데 길이 있으니 그들이 바라는 것을 모아주고 그들이 싫어하는 것을 베풀지 않는 것이니라. 천명은 지혜로 구할 수 없고 민심은 힘으로서 얻을 수 없다. 세상 사람들은 모두 다른 사람들이 자기에게 찬동하는 것을 좋아하고 반대하는 것을 싫어한다. 국민의 소리는 신의 말씀, 민심이 있는 곳은 천명이 있는 곳이다.

* 민심에 귀 기울이지 않는 지도자는 하늘의 소리를 듣지 못하는 제사장과 같습니다.

논쟁에 귀를 기울여라

A leader is a dealer in hope.

리더는 '희망을 배달하는 사람' 이다.

Napoleon Bonaparte(프랑스 황제, 정치가, 군인)

논쟁에는 이성도 우정도 필요치 않다. 논쟁의 태풍에 휩쓸린 지식의 나무는 열매 대신 마른 잎들만 만들어낸다. 논쟁에서 이기는 최선의 길은 옳은 데서 출발하는 것이다. 논의는 천천히, 그러나 행동은 재빠르게 하라. 토론은 남성적이요, 대화는 여성적이다. 여러 사람이 우기면 평지에도 숲이 나고 날개 없이도 날 수 있다.

* 옳은 바를 주장하는 목소리는 서툰 말로도 힘을 갖습니다.

October 007

법은 만사의 왕이다

In the middle of difficulty lies opportunity.

역경 속에 기회가 있다.

Albert Einstein(이론 물리학자, 노벨 물리학상 수상)

이성은 규제하는 것이요, 자비는 베푸는 것이다. 으뜸은 법이고 맨 마지막 것이 특권이다. 법률은 인간을 지배하고 이성은 법의 생명이다. 법률은 질서이다. 따라서 좋은 법은 좋은 질서이다. 법은 이성에 의해 발전되고 더욱 발전된 경험을 향해 계속하여 응용된 경험이다. 법은 천하의 저울과 말이며 군주가 좇아야 할 먹줄이다. 최대 다수의 최대 행복이 도덕과 입법의 기초이다.

* 법치를 실현하는 목적은 국민의 행복입니다.

October 008

시대따라 법도 변한다

When you are right you cannot be too radical; when you are wrong, you cannot be too conservative.

당신이 옳을 때, 너무 과격해서는 안 된다. 당신이 틀렸을 때, 너무 보수적으로 되어서는 안 된다.

Martin Luther King, Jr(미국의 목사, 시민 운동의 지도자)

법은 강자보다 약자의 보호를 위한 것이 더 많다. 과거에 남이 만들어놓은 법을 흉내 내지 말고 법을 만들어야 할 원인을 따라 만들어야 한다. 국민의 행복이 최고의 법률이다. 인간이 순수하면 법률은 무용하고 인간이 타락하면 법률은 파괴된다. 아무리 엄한 법률이라도 게으른 자를 부지런하게, 낭비하는 자를 절약하게, 취해 있는 자를 술이 깨게 할 수는 없다. 법률은 탐하는 자를 억압하고 부자는 법률을 지배한다.

* 사회에 도덕관념이 허물어지면 엄정한 법도 무용지물이 됩니다.

October 009

부당한 법률은 폭력이다

I will prepare and some day my chance will come.

준비하라. 기회는 언젠가 찾아오기 마련이다.

Abraham Lincoln(미국의 제16대 대통령)

좋은 법률은 더 좋은 사람들을 만들도록 인도하지만 나쁜 법률은 더욱 나쁘게 이끈다. 명령을 내려도 시행되지 않거든 몸소 이를 실천하라. 우리는 먼저 인간이어야 하며 그러고 나서 신성한 국민이어야 한다. 법률은 재산 있는 자에게는 항상 유용하지만 가진 것이 없는 자에게는 성가시다. 법률에 복종하는 자가 법률을 지배한다. 법률의 무지는 누구에게도 변명이 되지 않는다.

* 최소한의 규율로서의 법을 지키지 않은 자에게는 최소한의 권리도 허용되지 않습니다.

October 010

질서는 하늘의 으뜸가는 법률이다

Change before you have to.

변화하라. 변화를 강요당하기 전에.

John Francis Welch Jr(미국의 실업가)

질서는 하늘이 좌우한다. 만물은 하늘나라의 신비스런 수학과 질서의 제정자에 따라 질서 속에서 시작되었으니 질서 속에서 끝날 것이며 질서 속에서 다시 시작될 것이다. 질서란 항상 경제적이며 하늘의 으뜸가는 법률이고 훌륭한 것들을 일구는 기초이다. 어지러움을 바로 다스려 잡는 길은 인애, 신의, 대의명분, 합일, 정의, 권변, 전제이다. 질서가 습관을 낳을 때 무질서는 종종 생명을 낳는다. 질서와 법은 밑천이 든다.

*자연도 사람도 하늘이 정한 최소의 질서에 따라 생명의 유지를 보장받습니다.

입은 닫고 눈과 귀는 열어라

Indecision is often worse than wrong action.

결단을 내리지 않는 것은 때론 잘못된 행동보다 나쁘다.

Henry Ford(미국 포드자동차 창업자)

훌륭하고 성실한 판사는 편리한 것보다 옳은 것을 택한다. 많은 사람이 의심한다 하여 굳게 믿는 바를 굽히지 말며 자기 혼자만의 뜻에 맡겨 남의 말을 물리치지 마라. 법관은 재치보다 학식이 많아야 하고, 말주변이 좋기보다 존경받을 만해야 하며, 자신감에 충만하기보다 충고를 더 받아야 한다. 피할 수 있는 일이라면 죄 있는 자를 달아나게 하지 마라. 나쁜 사람이 없으면 훌륭한 변호사도 없을 것이다. 은밀한 범죄에도 모두 보고자가 있다.

*말하는 입보다는 듣는 귀를 열어두는 사람이 정확한 판결을 내립니다.

October 012

남의 죄는 용서하라

A perfection of means, and confusion of aims, seems to be our main problem.

완벽한 수단과 목적의 혼란. 이 두 가지가 우리의 주된 문제로 보인다.

Albert Einstein(이론 물리학자, 노벨 물리학상 수상)

죄는 탈 없이 보호될 수는 있으나 근심으로부터 해방될 수는 없다. 혀가 못쓰게 되었을지라도 죄는 말할 것이다. 만사를 공정하게 심판하기를 원한다면 먼저 누구도 죄 없는 사람이 없다는 것을 이해해야 한다. 죄를 알지 못하는 자는 진실로 신의 사랑을 알 수 없으며 고뇌가 없는 자는 깊은 정신적 고취를 이해할 수가 없다. 죄를 짓지 않고 사는 사람은 아무도 없다. 저마다 자기 등에 죄악의 다발을 지고 다닌다.

* 흠없이 완전무결한 사람은 아무도 없습니다.

October 013

신상필벌은 덕치

He who is to be a good ruler must have first been ruled.

남을 따를 줄 모르는 사람은 훌륭한 지도자가 될 수 없다.

Aristoteles(고대 그리스 철학자)

죄는 처벌을 면할 수 없다. 벌은 죄에 가까이 따라다닌다. 사람들은 죄를 벌하지 그 죄인을 벌하지 않는다. 한 선인을 폐하면 많은 선인은 쇠퇴해버리고, 한 악인을 상주면 많은 악인이 모여든다. 무릇 상을 내리려면 바르게 함을 귀하게 여기고, 벌을 주려면 용서 없음을 귀하게 여겨라. 상을 바르게 하고 벌을 반드시 하게 함을 귀와 눈으로 직접 듣고 보는 곳에서 행하면 듣고 보지 못하는 바의 사람도 암암리에 감화되지 않음이 없을 것이다. 면책은 숨은 사랑보다 낫다.

* 죄와 벌의 대가가 정확해야 질서가 바로잡힙니다.

October 014

인간은 모든 사물의 척도

Don't find fault, find a remedy; anybody can complain.

잘못을 찾기 보다는 개선책을 찾아라. 불평불만은 누구나 할 수 있다.

Henry Ford(미국 포드자동차 창업자)

인간에게 유익한 것은 무엇이나 진리이다. 인간 속에서 모든 자연이 이해되고, 모든 자연 속에서 인간만이 창조되었고, 모든 자연이 인간만을 위해 창조되었다. 인간은 모든 사물의 척도이며, 인간의 복지는 유일하고 단일한 진리의 기준이다. 인간은 신의 걸작품으로 누구나 조금씩 하나님을 닮았다. 인간은 유연한 동물이요, 모든 일에 숙달될 수 있는 존재이다. 인간은 성공적인 동물이며 사랑을 하는 동물이고 이상적인 동물이다.

* 신이 만든 최상의 피조물인 인간으로 태어났음을 감사할 일입니다.

October 015

인간은 천사도 짐승도 아니다

Circumstances– what are circumstances? I make circumstances.

상황? 무엇이 상황인가. 내가 상황을 만든다.

Napoleon Bonaparte(프랑스 황제, 정치가, 군인)

인간은 동물 중에서 가장 영리하며 미련하다. 눈이 색깔을 좋아하고, 귀가 소리를 좋아하고, 입이 맛을 좋아하고, 마음이 이익을 좋아하고, 신체 · 피부 · 근육은 상쾌하고 편안함을 좋아한다. 무릇 사람들이 선하고자 하는 것은 본성이 악하기 때문이다. 세상 사람들은 얇으면 두터워지기 바라고, 보기 흉하면 아름다워지기 바라며, 좁으면 넓어지기 바라고, 가난하면 부해지기 바라며, 천하면 귀해지기 바란다. 진실로 자기 가운데 없는 것은 반드시 밖에서 구하게 되는 법이다.

*인간의 악한 본성은 자신에게 결핍된 것을 추구하게 마련입니다.

October 016

아버지가 백 명의 스승보다 낫다

Your most unhappy customers are your greatest source of learning.

당신의 고객 중에 가장 불만이 많은 사람이야말로 당신의 가장 좋은 학습원이다.

William Henry Bill Gates(미국의 실업가, 마이크로 소프트사의 공동 창업자)

지혜로운 자식은 아버지를 기쁘게 하고 미련한 자식은 어머니의 근심이다. 자기 자식을 아는 아버지는 현명한 아버지이다. 자녀를 자신의 모형대로 만드는 것은 큰 죄악이다. 아이를 영웅이 아닌 사람으로 길러라. 아버지보다 어머니가 자식을 더 사랑한다. 어머니는 자식을 자기 자식으로 알지만, 아버지는 자식을 자기 자식으로 생각할 뿐이다. 아버지가 누더기를 걸치면 자식은 모르는 척하지만, 아버지는 자식을 끝까지 사랑한다.

* 올바른 부모의 무조건적인 사랑은 올바른 자식을 만듭니다.

가정보다 더 즐거운 곳은 없다

Liberty means responsibilty. That is why most men dread it.

자유란 책임을 의미한다. 때문에 대부분의 사람은 자유를 두려워한다.

George Bernard Shaw(아일랜드 극작가 노벨 문학상 수상)

가정을 사랑하는 자만이 나라를 사랑한다. 가정에는 평화가 있어야 하며 가정의 행복을 맛보려면 인내가 필요하다. 집을 바로 다스리는 데 네 가지 조건이 있는데, 그것은 근면과 검소와 공손함과 너그러움이다. 쾌락의 궁전 속을 거닐지라도 초라한 내 집만 한 곳은 없다. 하느님의 사랑을 받는 자의 집은 언제나 즐겁다. 모든 행복한 가정들의 생활은 거의 서로 모양이 비슷하지만, 불행한 가정들은 제각기 나름의 독특한 방식으로 불행하다.

* 평화롭고 즐거운 가정은 천국보다 더 안락한 곳이 됩니다.

October 018

사귀는 친구를 보면 안다

If I had six hours to chop down a tree, I'd spend the first four hours sharpening the axe.

만약 나무를 베는데 6시간이 주어졌다면, 나는 4시간을 도끼를 가는데 쓸 것이다.

Abraham Lincoln(미국의 제16대 대통령)

모든 사람의 가슴속에서는 똑같은 심장이 움직인다. 잘난 얼굴이 추천장이면 선한 마음은 신용장이다. 마음속에 약함을 지니고 말하거나 행동하면 죄와 괴로움이 저절로 따라온다. 사람의 마음이란, 정에서 나오는 것은 극히 적고 사에서 나오는 것은 심히 위태하다. 자기 마음을 지켜라. 생명의 근원이 이것에서 남는다. 소란한 가운데서 고요함을 지켜야만 심성의 참 경지를 얻고, 괴로운 중에서 즐거운 마음을 얻어야만 마음과 몸의 참 묘월을 볼 수 있다. 자신 속의 평화를 지켜라. 그러면 다른 사람들에게도 평화를 가져다줄 수 있다.

* 자기 마음의 평화를 찾는 사람이 타인을 평화롭게 할 수 있습니다.

October 019

쾌락은 삶의 시초이고 끝이다

It is not where you start but how high you aim that matters for success.

성공을 위해 중요한 것은 어디서부터 시작할 것인가가 아니라 얼마나 높은 목표를 정할지에 달려 있다.

Nelson Mandela(남아프리카 공화국의 정치가, 노벨 평화상 수상자)

쾌락과 사랑은 위대한 행동의 날개이다. 맛의 쾌락, 성의 쾌락, 소리의 쾌락 및 아름다운 모양의 쾌락을 제쳐놓고 선인들을 생각할 수 없다. 가장 싼 값을 치르고 쾌락을 즐기는 사람이 가장 큰 부자이다. 쾌락은 다른 사람과 같이 나눌 때 더 큰 기쁨을 준다. 쾌락을 주는 자는 고난에서 구원해주는 자만큼이나 자비롭다. 유익한 즐거움이 셋 있고 해로운 즐거움이 셋 있다. 예와 악에 맞추기를 즐거워하고 남의 좋은 점 말하기를 즐거워함은 유익하며, 교만하게 굴기를 즐거워하고 방탕하게 노는 것을 즐거워하며 놀이하는 것을 즐거워함은 해로우니라.

* 유익한 쾌락은 누릴수록 부자가 됩니다.

October 020

부끄러운 재산보다 명예가 낫다

Let us never negotiate out of fear. But let us never fear to negotiate.

두려움 속에서 교섭해서는 안 된다. 그러나 교섭하는 것을 두려워해서도 안 된다.

John Fitzgerald Kennedy(미국의 35대 대통령)

미덕의 보상은 명예이다. 명예는 정직한 수고에 있다. 명성은 획득되어야 하며 잃어서는 안 되는 유일한 것이 명예이다. 명예는 엄청난 선행을 추구하는 젊은 혈기의 갈망에 불과하다. 명예가 오면 기꺼이 받으라. 그러나 가까이 있기 전에는 붙잡으려고 손을 내밀지 마라. 명예를 잃는 자는 그 밖에 아무것도 잃을 수 없다. 명예가 없는 곳엔 슬픔조차 없다. 사람은 자랑스럽게 사는 것이 더는 가능하지 않을 때 자랑스럽게 죽는 길을 택해야 한다.

* 명예를 잃는 것은 모든 것을 잃는 것입니다.

정직한 명성은 진정한 선을 기다린다

We become moral when we are unhappy.

불행한 때 사람은 도덕적으로 된다.

Marcel Proust(프랑스의 작가)

명성은 덕행의 어머니이며 사자의 태양이고 행동의 결과이다. 명성은 정신의 생명이며 좋은 사람들이 좋은 사람에게 베푸는 칭찬이다. 선한 자나 악한 자나 한결같이 명성을 좋아한다. 명성의 맛이 어떤지 결코 모르는 자가 행복하다. 명성을 갖는 것은 연옥이요, 명성을 원하는 것은 지옥이다. 세월은 죽은 후 모든 것을 과장한다. 사람의 명성은 땅에 묻힌 후 입에서 입으로 옮겨가면서 더욱 커진다. 생애는 짧아도 명성은 불멸하다.

* 명성을 얻는 것은 영광된 일이지만 무거운 일이기도 하고, 또 이를 갈망하는 건 괴로운 일입니다.

October 022

욕망이 없는 곳에는 근면이 없다

Pleasure in the job puts perfection in the work.

일하는 기쁨이 그 일을 완벽하게 해준다.

Aristoteles(고대 그리스 철학자)

애정과 욕망은 위대한 행위로 향하는 정신의 날개다. 인생에는 두 가지 비극이 있다. 하나는 자기 마음의 욕망대로 하지 못하는 것이요, 또 하나는 그것을 하는 것이다. 사람은 욕심이 많으면 의를 잃고, 걱정이 많으면 슬기를 다치고, 두려움이 많으면 용기를 축낸다. 해나 달이 밝게 비치고자 해도 뜬구름이 가리고, 강물이 맑아지고자 해도 흙이나 모래가 더럽히듯, 사람도 본성대로 아무것도 없고 평평하고자 해도 욕심 때문에 방해를 받는다.

* 욕망은 발전을 도모하기도 하지만 이룩해놓은 성과에 먹칠을 하기도 합니다.

October 023

악이 쌓이면 재앙이 된다

Quality means doing it right when no one is looking.

품질이란 아무도 보지 않는 곳에서 정확하게 하는 것이다.

Henry Ford(미국 포드자동차 창업자)

악은 사랑의 결핍에서 생길 뿐 아니라 사상의 결핍에서도 생긴다. 악은 바늘처럼 들어와 참나무처럼 퍼진다. 마음속에 악이 싹트면 도리어 그 몸을 망친다. 타인의 마음속에 있는 악에 가장 너그럽지 못한 것은 우리에게 있는 악이다. 악은 결코 덕망의 열매를 낳지 않는다. 악으로 가는 길은 내리막길인 데다가 가파르기까지 하다. 악은 때때로 승리한다. 그러나 결코 정복할 수는 없다. 악한 일을 행한 다음 남이 아는 것을 두려워함은 아직 그 악 가운데 선을 향하는 길이 있음이라.

* 악한 일은 악한 결과를 낳고 절대악은 부끄러움을 모릅니다.

October 024

덕은 영혼의 아름다움

Concentration comes out of a combination of confidence and hunger.

집중력은 자신감과 굶주림의 결합에서 비롯된다.

Arnold Palmer(미국의 프로 골퍼)

덕은 세상에서 가장 기쁨을 주는 가치 있는 재산이며, 미덕은 마음의 습관이다. 천성과 절제와 이성과 함께 병존하며 이 세상에서 유일한 시들지 않는 꽃은 미덕이다. 성실과 신의를 중히 여기며 성의를 따름이 덕을 높이는 일이다. 최대 다수에게 최대 행복을 얻게 하는 행동이 가장 좋다. 모든 피조물에 덕성은 곧 행복이요, 악덕은 곧 불행이다. 덕행은 우리의 나날을 연장해준다. 기쁨을 가지고 자기 과거를 다시 사는 사람은 두 개의 인생을 사는 것이다. 덕이 있으면 위엄이 있다. 외롭지 않다.

* 덕을 지닌다는 것은 행복을 품에 안고 사는 일입니다.

October 025

인생과 사랑은 모두가 꿈이다

Dream no small dreams for they have no power to move the hearts of men.

작은 꿈을 꾸지 마라. 그것은 사람의 마음을 움직일 힘이 없다.

Johann Wolfgang von Goethe(독일의 시인, 극작가, 정치가)

인생은 창조이며 어떠한 값으로도 구매될 수 없다. 인생은 참으로 짧다. 인간의 믿음은 참으로 약하다. 인생은 선도 악도 아니라 단순히 선과 악이 존재하는 것이다. 사랑은 햇빛이요, 증오는 그늘이다. 인생은 그늘과 햇빛으로 바둑판처럼 되어 있다. 아무리 이기적이고 아무리 어리석다 하더라도 모든 인생은 비극이다. 죽음으로 끝나기 때문이다. 인생은 진실하다. 엄숙하다. 그리고 무덤은 인생의 목표가 아니다.

* 모든 인생은 음과 양이 공존하고 그 끝은 죽음으로 마무리됩니다.

October 026

최선을 다해 살라

The secret of success is to offend the greatest number of people.

성공의 비결은 다수의 의견을 거스르는 것이다.

George Bernard Shaw(아일랜드 극작가 노벨 문학상 수상)

그대가 할 수 있는 한 다 살라. 그렇게 하지 않는 것은 잘못이다. 그대가 그대의 인생을 가진 한 그대가 특별히 무엇을 하는가는 그리 중요한 문제가 안 된다. 사상을 파종하라, 그러면 행동을 거둘 것이다. 행동을 파종하라, 그러면 습관을 거둘 것이다. 습관을 파종하라, 그러면 성격을 거둘 것이다. 성격을 파종하라, 그러면 운명을 거둘 것이다. 당신 자신을 누군가에게 필요한 존재로 만들라. 누구에게든지 인생을 고되게 만들지 마라.

* 내가 할 수 있는 것이라면 최선을 다한 삶이 가치가 있습니다.

October 027

사는 것이 내 일이고 내 기술이다

One repays a teacher badly if one always remains nothing but a pupil.

언제까지나 제자로 있는 것은 스승에 대한 도리가 아니다.

Friedrich Nietzsche(독일의 철학자, 고전문헌 학자)

인간의 생명은 나뭇잎과도 같다. 성장은 유일한 생명의 증거이다. 가장 배우기 어려운 기술을 살아가는 기술이다. 사는 것은 생각하는 것이다. 남의 눈에 띄지 않게 산 자가 훌륭히 살아온 것이다. 정당하게 사는 자에게는 어느 곳이든 안전하다. 인생에 되풀이 없는 꾸준한 진보는 없다.

* 살아간다는 건 매순간 한 발짝이라도 앞으로 나아가는 일입니다.

October 028

청춘은 사랑을 뜻한다

The beginning is the most important part of the work.

시작은 노동의 가장 중요한 부분이다.

Platon(고대 그리스의 철학자)

청춘이란 끊임없는 도취이며 마음의 상태이다. 살 수 있는 한 살라. 젊은이들아, 젊은 시절에 많은 노인의 귀를 기울이게 했던 한 노인의 말을 들어라. 무엇이든지 낭비하지 마라. 오늘은 한 번밖에 오지 않으며 결코 다시 돌아오지 않는다. 게으름을 피우지 말고 시간 관리를 잘하라. 나태는 휴식이 아니다. 게으름은 노동보다 더 피곤하다. 성급함은 악마에게서 나오고 인내는 자복의 문을 연다. 서두르지 말고 쉬지 말고 일하라. 열심히 일하되 법석 떨지 말고 초조해 하지도 마라.

* 하루하루를 근면하게 사는 것이 시간을 낭비하는 것보다 더 편한 삶입니다.

October 029

쇠가 달아 있는 동안에 쳐라

The family you come from isn't as important as the family you're going to have.

당신이 자란 가정은 앞으로 당신이 이룰 가정보다 중요하지 않다.

Ring Lardner(미국의 작가, 저널리스트)

흘러간 물은 방아를 돌게 할 수 없다. 하늘은 우리에게 기회를 준다. 덧없는 기회를 이용하려면 몸이 재빨리 따라야 할 뿐더러 마음도 빈틈이 없어야 한다. 얻기 어려운 것은 시기요, 놓치기 쉬운 것은 기회이다. 도끼를 잡고도 베지 않으면 장차 적이 올 것이다. 주사위를 한 번 던진다고 결코 기회가 철폐되지 않을 것이다. 달아나는 자는 다시 싸울 수 있지만 죽은 자는 다시 싸울 수 없다.

*부지런히 자기 삶을 일구는 사람은 눈앞의 기회를 놓치지 않습니다.

October 030

희망이 위인을 만든다

A good laugh is sunshine in a house.

즐거운 웃음은 가정의 태양이다.

William Makepeace Thackeray(영국의 소설가)

희망은 가난한 자의 빵이며 믿음의 어버이다. 희망은 때로 절망보다 나쁘고 죽음보다 나쁘다. 희망은 진실하다는 평을 절대 잃지 않는 유일한 사기꾼이라는 말이 있다. 그 말은 사실을 알 수 있다고 생각한다. 희망을 멈추라. 그러면 공포도 끝날 것이다. 인생의 희망은 태양과 더불어 돌아온다. 희망 없는 일은 헛수고이고 목적 없는 희망은 지속할 수 없다.

* 희망이 있기에 불안과 공포도 있는 것입니다.

October 031

뜻이 있는 곳에 길이 있다

Nature never did betray the heart that loved her.

자연은 그것을 사랑하는 사람의 마음을 결코 배신하지 않는다.

William Wordsworth(영국의 낭만파 시인)

인간의 희망과 신조는 인간의 욕구에 뿌리를 박고 있다. 뜻을 세우는 게 마땅하지만 뜻을 세웠다 해도 굳세게 세우지 않으면 물욕에 흔들려 빼앗기고 여러 사람의 입으로 말미암아 변할 수밖에 없다. 모든 일은 계획으로 시작되고 노력으로 성취되며 오만으로 망친다. 뜻이 넓으나 굳세지 않으면 기준이 없고, 굳세나 넓지 않으면 좁아서 고루하게 된다. 기죽지 마라. 하늘을 겨냥하는 자는 나무를 맞추려고 하는 자보다 훨씬 더 높이 쏜다.

*뜻을 세우려면 흔들림 없이 굳건히 세워 이룩해야 합니다.

질투는 사랑의 양념이지만,
때론 사랑보다 강한 힘으로
마음을 장악합니다.

November

November 001

내일로 연기하지 마라

Although you may tell lies, people will believe you, if only you speak with authority.

거짓을 말해도 사람들은 믿는다. 단, 권위 있게 말해야 한다.

Anton Pavlovich Chekhov(러시아의 극작가, 소설가)

오늘 밤에 할 수 있는 일을 내일로 미루지 마라. 오늘을 준비하지 않는 자는 내일은 더욱 그러하리라. 미래를 생각하지 않는다면 아무것도 가질 수 없다. 미래는 운명의 손이 아니라 우리의 손에 달려 있다는 것을 명심하고 그것이 진리임을 확신하라. 지성의 소리는 부드러우나 끈질기다. 현재는 과거보다 더욱, 미래는 현재보다 더욱 나의 관심을 끈다. 우리의 어제는 모두 오늘에 요약되며 우리의 내일은 모두 우리가 모양 짓는 것이다.

*내일 해도 될 것 같은 일을 오늘 한다면, 내일은 또다른 일을 도모할 수 있습니다.

November 002

절대 어제를 후회하지 마라

A mother takes twenty years to make a man of her boy, and another woman makes a fool of him in twenty minutes.

어머니가 아들을 남자로 키우는데 20년이 걸리지만 다른 여자는 20분 만에 남자를 바보로 만든다.

Robert Lee Frost(미국의 시인)

후회는 약한 마음의 미덕이다. 현명함이란 결코 후회가 없도록 삶을 충실히 영위하는 것이다. 닭이 울 때 일어나지 않으면 저녁에 후회 있으리라. 후회의 씨앗은 젊었을 때 즐거움으로 뿌려지지만 늙었을 때 괴로움으로 거둬들이게 한다. 후회는 언제 하여도 늦지 않다. 어제의 잘못을 뉘우치지 마라. 내일 이것을 염려하라.

* 그 순간을 후회한다 하더라도 이를 반복한다면 아무 소용이 없습니다.

November 003

사람은 죽음 앞에 평등하다

Friendship is an arrangement by which we undertake to exchange small favors for big ones.

우정이란 누군가에게 작은 친절을 베풀고 대가로 큰 친절을 기대하는 계약이다.

Montesquieu(프랑스의 사상가)

가장 오래 산 사람이나 가장 짧게 산 사람이나 죽을 때는 똑같은 것 하나를 잃는다. 죽음이 다가오는 것을 두려워 한다는 것은 바로 살아 있을 때의 사악한 생활을 했다는 증거다. 죽는 사람을 보고 슬퍼하지 마라. 죽음 저편에는 고통이 없기 때문이다. 그대의 불필요한 눈물을 멈추라. 그대의 울음은 헛되다. 행복한 사람들은 죽음을 두려워하지만, 불행한 자들은 죽음을 동경한다. 잘 보낸 하루가 행복한 잠을 가져오듯이 잘 쓰인 인생은 행복한 죽음을 가져온다.

* 어떻게 죽는가는 어떻게 살아왔는가를 보여줍니다.

November 004

자연은 신이 쓴 책이다

Advertisements contain the only truths to be relied on in a newspaper.

신문에서 유일하게 신뢰할 수 있는 사실이 적혀 있는 것은 광고뿐이다.

Mark Twain(미국의 소설가, 「톰소여의 모험」 저자)

자연은 신의 예술이다. 자연을 읽어라. 자연은 진리의 친구이며, 죽은 물질로 하여금 우리의 교리 속에서 우리를 돕는다. 자연은 친절한 안내자이지만 그의 상냥함과 친절함은 그의 신중함과 정당함에는 따라갈 수 없다. 자연은 결코 우리를 속이지 않는다. 우리 자신을 속이는 것은 언제나 우리다. 자연은 우리를 방랑자로 만들고 세상은 우리를 훌륭하게 만든다. 먼저 피는 꽃의 열매가 먼저 익는 법이다.

* 자연은 우리 삶의 교과서입니다.

November 005

진리의 힘은 위대하다

A nice man would feel ashamed even before a dog.

착한 사람은 개 앞에서 부끄러움을 느낄 때가 있다.

Anton Pavlovich Chekhov(러시아의 극작가, 소설가)

진리는 인간이 지닐 수 있는 최고의 것이며, 공평한 것이며, 존재하는 것의 정상이며, 영원히 절대적이다. 진리는 정의의 시녀이며 자유는 그 자식이고 평화는 그 반려다. 시간은 소중하다. 그러나 진리는 시간보다 더 소중하다. 우리는 이성에 의해서뿐만 아니라 심성에 의해서 진리를 인식한다. 진리에는 말이나 형상이 없지만, 말이나 형상을 떠날 수도 없다. 인생의 진리는 우리에게는 발견되지 않는다. 진리를 모르고 사는 이의 백 년은 진리를 깨닫고 사는 이의 하루만 못하다. 진리는 횃불과 같아 흔들수록 더욱더 빛난다.

* 진리를 추구하는 일은 전 인류의 숙제입니다.

November 006

시간을 얻으면 만사를 얻는다

There are three kinds of lies: lies, damned lies, and statistics.

거짓말에는 세 종류가 있다. 거짓말과 큰 거짓말, 그리고 통계이다.

Benjamin Disraeli(영국의 정치가, 소설가)

시간은 영원의 표상이고 가장 위대한 개혁자이다. 시간은 지나간다. 시간은 위로하는 자요, 시간은 진통제이다. 시간이 가고 날이 가고 달이 가고 해가 간다. 지나간 시간은 다시는 돌아오지 않는다. 현재 시간을 잃어버리면 모든 시간을 잃는다. 시간처럼 귀중한 것은 없다. 시간은 돈이라는 것을, 생명이라는 것을 기억하라. 영원을 사랑하거든 시간을 이용하라. 시간을 선택하는 것이 시간을 절약하는 것이다. 시간은 옛것을 낡게 하고 모든 것을 먼지로 만드는 기술을 가지고 있다. 시간은 우정을 강하게 하지만 사랑은 약하게 한다. 시간이 사람을 위한 것이지 사람이 시간을 위한 것은 아니다. 시간에는 현재가 없다. 영원에는 미래가 없다. 영원에는 과거가 없다.

* 시간은 인생 그 자체입니다. 돈을 허비하면 가난해지지만 시간을 허비하면 헛인생을 살게 됩니다.

November 007

진실은 불멸이요, 거짓은 필멸이다

Compliments cost nothing, yet many pay dear for them.

아부를 하는 데는 돈이 들지 않지만 대다수의 사람은 아부에 큰 돈을 지불하고 있다.

Thomas Fuller(영국의 성직자, 역사가)

진실의 가장 큰 벗은 세월이고, 가장 큰 적은 편견이며, 변함없는 친구는 겸손이다. 진실은 시간처럼 인간의 교제에서 생기고 인간의 교제에 좌우되는 관념이다. 진실이 장화를 신고 있는 동안 거짓말은 온 세상을 돌아다닌다. 여러 사람의 마음은 속이지 못하고 공론은 막기 어렵다. 잘못은 잘못으로만 변호될 수 있다. 허위는 허위로서만 감추어질 수 있다. 남에게 거짓되지 않게 하는 것과 마찬가지로 자기 자신에 대해서도 진실하라.

* 진실은 빛과 같고 거짓은 어둠과 같습니다. 빛은 어둠에서 빛나고 어둠은 더 큰 어둠으로 가려집니다.

영혼이 뿌린 씨는 불멸한다

Some have been thought brave because they were afraid to run away.

용감하고 명성이 자자한 사람 중에는 단지 도망치는 것이 두려웠던 사람도 있다.

Thomas Fuller(영국의 성직자, 역사가)

위대한 진리는 인간 영혼의 일부이고 위대한 영혼은 영원 일부이다. 영혼은 인간 생명의 우두머리이고, 지배자이다. 인간의 영혼은 하늘보다 높고 대양보다 깊으며 혹은 깊이를 알 수 없는 심연의 어둠이다. 재물의 부족은 채울 수 있지만, 영혼의 빈곤은 회복할 수 없다. 육체의 색정과 탐욕은 영혼을 망친다. 건강한 신체는 영혼의 객실이요, 병약한 신체는 그의 감방이다. 육신은 영혼의 고통이다. 그것은 지옥이요, 운명이요, 짐이요, 필연성이요, 강한 사슬이요, 고통스러운 벌이다.

* 영혼은 몸에 갇힌 보석입니다.

사랑이 모든 것을 지배한다

Do not bite at the bait of pleasure, till you know there is no hook beneath it.
쾌락의 먹잇감을 발견하더라도 파리가 꼬이지 않은 것을 확인할 때까지는 먹지마라.
Thomas Jefferson(미국의 제3대 대통령)

어떤 밧줄이나 철사로도 사랑처럼 힘차게 당기고 단단히 붙잡아 매지 못한다. 사랑은 자연의 진실이요, 죽음은 자연의 거짓말이다. 사람은 사랑 없이는 강해질 수 없다. 사랑하면서 바보가 되지 않는 사람은 결코 사랑하면서 현명해질 수 없다. 사랑과 웃음이 없으면 즐거움이 없다. 사랑의 기쁨은 순간이지만 사랑의 고통은 평생 계속된다.

*사랑은 강철보다 강한 힘으로 우리 삶을 지배합니다.

November 010

미는 신의 선물이다

A man should not strive to eliminate his complexes but to get into accord with them.

자신의 단점을 없애려하지 말고 그것과 조화를 유지하기 위해 노력해야 한다.

Sigmund Freud(심리학자, 의사)

미는 세월이 해칠 수 없는 유일한 것이다. 미는 신의 미소이고 화음이며, 순결의 꽃이고 사랑의 자녀이다. 미는 바라보는 사람의 눈 속에 있다. 박애 없는 아름다움은 헛되다. 아름다운 것은 영원한 기쁨이고 그 사랑스러움은 절대 변하지 않을 것이다. 아름다움은 우리를 위해 조용히 침실을 지켜 달콤한 꿈과 조용한 숨소리로 충만한 잠을 자게 할 것이다. 아름다운 것은 옳게 보이며 추한 것은 연약하고 악하게 느껴지는 법이다.

* 미를 향한 갈망은 인간의 본성입니다.

November 011

질투는 사랑보다 이기심이 많다

A business that makes nothing but money is a poor business.

돈만 벌기 위한 일이라면, 그것은 가난한 일이다.

Henry Ford(미국 포드자동차 창업자)

질투로 길러진 사랑은 사라지기 힘들다. 사랑은 죽음같이 강하고 투기는 음부같이 잔혹하다. 질투는 사랑의 자식이라고 한다. 질투는 언제나 사랑과 더불어 탄생하지만, 반드시 사랑과 더불어 사망하지 않는다. 질투가 없는 곳에 사랑이 없다. 질투는 마음의 울음소리이다. 분노와 질투는 애정보다도 집착이 강하다. 눈이 먼 것은 사랑이 아니라 질투다.

* 질투는 사랑의 양념이지만 때론 사랑보다 강한 힘으로 마음을 장악합니다.

November 012

증오는 가슴에서 나온다

All men by nature desire knowledge.

모든 인간은 선천적으로 지식을 욕망한다.

Aristotles(고대 그리스의 철학자)

이 세상에서 사랑만큼 달콤한 것은 없다. 사랑 다음으로 가장 달콤한 것은 미움이다. 증오는 죽지만 자애는 영원히 산다. 슬픈 자는 기쁜 자를 미워하고, 기쁜 자는 슬픈 자를 미워한다. 가장 많이 칭찬받는 자가 가장 많이 미움받는다. 모든 슬픔은 자기의 최후를 두려워하고 자기의 고통이 가라앉을 그날을 두렵게 생각한다. 미움은 미움으로 대하면 끝내 풀리지 않는다. 미움은 미움을 버릴 때 풀린다는 것은 만고불면의 진리다. 증오의 불씨를 마음속에서 억누르면 더욱더 맹렬하게 타서 결국엔 불길을 허물어뜨릴 것이다.

*증오는 증오를 낳고 사랑은 증오를 죽입니다.

사람에게서 배워라

All our dreams can come true – if we have the courage to pursue them.

계속해서 좇을 용기가 있다면 모든 꿈은 반드시 실현할 수 있다.

Walt Disney(미국의 기업가, 애니메이션 캐릭터 개발자)

끊임없는 고행 속에서 살아가도록 하라. 그리고 어떤 세속적인 안락이나 쾌락도 절대로 기대하지 말며 원하지 마라. 자비심과 지혜가 있는 곳에는 두려움도 무지도 없으며, 인내와 겸양이 있는 곳에는 분노도 원한도 없다. 가난과 기쁨이 있는 곳에는 탐욕도 허욕도 없으며, 평화와 명상이 있는 곳에는 불안도 의심도 없다. 배우는 자로서 몸을 닦으려면 반드시 안으로 그 마음을 바로잡아 바깥 사물의 유혹을 받지 않아야 마음이 태연하여 온갖 사악을 물리치고 실덕을 쌓게 된다. 마음에 두고 있는 것만으로는 사랑을 다 할 수 없으며, 입으로 얘기하는 것만으로는 점잖음을 다할 수 없다.

*선이 있는 곳에 악이 거할 수 없습니다. 마음을 다스리는 일은 매순간 평생 지속되어야 합니다.

용기가 있는 곳에 희망이 있다

An archaeologist is the best husband a woman can have. The older she gets, the more interest he takes in her.

고고학자는 여성에게 있어 최고의 남편이다. 아내가 나이를 먹을수록 아내에게 관심을 갖게 될 테이니까.

Agatha Mary Clarissa Christie(영국의 여류 추리소설가)

용기는 언제나 나팔소리로 부푼 풍채로 행군하지 않으며 허세의 옷으로 만들어지지도 않는다. 용기가 없다는 뜻은 남보다 먼저 겁냄을 말하는 것이 아니라 어려움을 당하여 의를 잃는 것을 말한다. 용기는 모든 것을 정복한다. 용기는 육체에 힘까지 주기도 한다. 진정한 용기란 자기가 모든 세인 앞에서 행할 수 있는 일을 아무도 안 보는 데에서 하는 것이다. 용기는 공포에서의 저항이며 공포의 정복이다.

* 겁이 나는 일에도 자신의 믿음대로 밀고 나가는 힘이 바로 용기입니다.

November 015

위대한 행동은 위대한 정신

Always do right. This will gratify some people and astonish the rest.

항상 옳은 일을 하라. 어떤 이들은 그것에 만족하고 남은 사람들은 깜짝 놀랄 것이다.

Mark Twain(미국의 소설가, 『톰소여의 모험』 저자)

인생의 위대한 목표는 지식이 아니라 행동이다. 환경은 인간이 지배할 수 없지만, 행동은 자신의 힘이 미치는 곳에 있다. 행동은 지식의 열매이고 웅변이다. 인간은 천사도 아니고 동물도 아니다. 행동은 사고에서 생기지 않고 책임을 이행하려는 데에서 생긴다. 원한다면 행동하라. 마음은 너그러움에서 떠나지 않고 행동은 의에 맞아야 한다.

* 지식이 수반되는 행동은 올바른 것입니다.

군자는 오직 정의에 따를 뿐이다

An ounce of action is worth a ton of theory.

1온스의 행동은 1톤의 이론에 필적한다.

Ralph Waldo Emerson(미국 사상가)

군자는 은혜를 베풀되 낭비하지 않고, 수고하여 일하되 원망하지 않으며, 모르는 일에 대하여는 아는 체하지 않느니라. 군자는 정의로써 바탕으로 삼고 예의에 따라 행동하며 겸손한 말로써 뜻을 나타내고 신의로써 이를 달성한다. 군자에게는 세 가지 다른 모습이 있다. 멀리서 바라보면 의젓하고, 그에게 가까이 이르면 온후하며, 그 말소리를 들으면 엄정하다. 군자는 긍지를 갖지만 남과 다투지는 아니하며, 여러 사람과 두루 사귀지만, 파벌을 만들지는 아니한다. 군자가 의를 위해 죽으려 하면 부귀를 가지고도 그를 막을 수 없고, 그가 의를 이룩하고자 할 때는 죽음을 가지고도 겁줄 수 없다.

* 군자의 덕목을 갖춘 사람이라면, 그 누구도 그의 품격을 훼손할 수 없습니다.

November 017

정직은 최선의 정책이다

Art washes away from the soul the dust of everyday life.

예술은 일상생활에서 묻은 영혼의 먼지를 털어준다.

Pablo Picasso(스페인 출신의 화가, 조각가)

정직한 길을 걸어가는 데에는 너무 늦다고 하는 법이 없다. 정직한 인간은 신이 만든 가장 고상하고 값진 유산이다. 정직을 잃는 자는 더 잃을 것이 없다. 정직한 사람이 죽을 때 비탄한 칭송, 슬픔과 기쁨은 하나이다. 정직한 자는 세계의 시민이다. 즐거운 얼굴을 지닌 노동자는 정직한 사람이며 보증수표나 마찬가지이다.

* 정직함을 갖춘 사람은 그 대가로 신망을 얻습니다.

November 018

명성은 얻는 것, 인격은 주는 것이다

Artists who have won fame are embarrassed by it; thus their first works are often their best.

명성을 얻은 예술가는 그로 인해 차분함을 잃게 된다. 때문에 처녀작이 때로는 최고의 작품이 되기도 한다.

Ludwig Van Beethoven(독일의 음악가. 「운명 교향곡」, 「전원 교향곡」을 작곡)

행복이 인생의 목적이 아니라 인격이 바로 목적이다. 인격은 매일의 직무를 훌륭히 수행해 나가는 데서 만들어진다. 보석보다는 인격의 아름다움으로 장식되는 편이 이롭다. 명성은 젊은이에게 광채를 주고, 주름진 피부와 회색빛 머리카락에는 위엄을 준다. 재산을 잃을 땐 손실이 없다. 건강을 잃을 땐 약간의 손실이 있다. 명성을 잃을 땐 모든 것을 잃는다. 도인은 명성이 없고, 덕이 높은 사람은 재물이 없으며, 대인은 자신을 무시한다. 가장 존경할 만한 인물까지도 존경받게 만드는 데는 절대적으로 어떤 위엄 있는 태도가 필요하다.

* 명성은 자기 자신이 만드는 것입니다.

인내심도 힘이며 능력이다

By all means marry; if you get a good wife, you'll be happy. If you get a bad one, you'll become a philosopher.
꼭 결혼을 하라. 만약 좋은 아내를 얻는다면 당신은 행복해 질 것이다. 만약 악처를 얻는다면 당신은 철학자가 될 것이니다.
Socrates(고대 그리스 철학자)

아침에 암탉에게 알을 품게 하여 점심에 닭고기를 먹을 수는 없다. 참고 기다리라. 그리고 더 좋은 시절을 위하여 자신을 돌보라. 쓰러지면 일어나고, 좌절되면 다시 도전하고, 자고 나면 깨는 것이 우리다. 인내는 힘보다 더 많은 것을 성취한다. 인내란 무거운 짐을 지고 빨리 걸으면서도 말이 없는 나귀의 미덕이다. 인내는 고귀한 덕이요, 고통의 가장 좋은 치료법이다.

* 인내하는 고통을 견뎌내는 자만이 달콤한 과실을 손에 넣습니다.

November 020

양심은 영혼의 소리, 정열은 육신의 소리

Dogs never bite me. Just humans.

개는 결코 나를 물지 않는다. 배신하는 것은 인간뿐이다.

Marilyn Monroe(미국의 여배우)

맑은 양심은 어떠한 고통도 견딜 수 있는 힘이 된다. 양심은 인간 속에 있는 신의 출현이며 완전한 해설자이고 천명의 증인이다. 착한 양심보다 마음을 편하게 하는 것도 없고 또한 무서운 증인도 없다. 모든 일에 양심이 없는 자에게는 아무것도 맡기지 마라. 양심과 소심은 진정 같은 것이며 양심은 회사의 상표이다. 양심에 어긋나는 일을 한다는 것은 안전하지도 않거니와 신중하지도 못하다. 타인의 죄를 말할 때마다 당신 자신의 양심을 반성하도록 하라.

* 양심의 소리에 귀 기울이며 사는 삶은 언제나 맑고 정직합니다.

November 021

좋은 벗과의 훌륭한 대화는 재산이다

Thou shouldst eat to live; not live to eat.

살기 위해 먹어라, 먹기 위해 살지 마라.

Socrates(고대 그리스 철학자)

아버지는 보물이고 형제는 위안이며 친구는 보물도 되고 위안도 된다. 벗이 없으면 어떤 좋은 일에도 만족이 없다. 진정한 행복은 친구가 많은 데에 있지 않고 가치 있는 선택에 있다. 당신의 진정한 친구라면 당신이 필요할 때 당신을 도울 것이다. 무의미하게 쓸모없는 많은 친구보다 단 한 명의 큰 가치 있는 친구를 갖는 것이 더 낫다.

* 진정한 친구를 갖는 일은 천금을 얻는 일보다 더 보배롭습니다.

참된 우정은 건강과 같다

Nothing is so much to be feared as fear.

공포만큼 두려운 것이 없다.

Henry David Thoreau(미국의 작가, 시인, 사상가. 「월든」의 저자)

우정은 신이 인간에게 내린 성스러운 축복이다. 우정이란 두 사람이 서로 행복을 증진하는 강하고도 습관적인 성향이 있다. 우정의 가장 큰 노력은 우리의 결점을 친구에게 보여주는 것이 아니라 스스로 자기 결점을 깨닫게 하는 것이다. 사랑은 보상을 찾지만, 우정은 주고도 대가를 요구하지 않는 하느님과 같다. 사랑에는 신뢰받을 필요가 있고 우정에는 이해받을 필요가 있다.

*나를 알아주는 친구, 내가 알아주는 친구와의 우정은 신이 주신 축복입니다.

November 023

사회의 행복이 정부의 목표이다

The pen is the tongue of the soul.

펜은 영혼의 혀이다.

Miguel de Cervantes Saavedra(스페인 소설 「돈키호테」의 작가)

좋은 정부보다 더 좋은 것이 한 가지 있는데 그것은 국민 전체가 역할을 갖는 정부이다. 정부의 목적은 국민의 복지이다. 국민을 행복하게 만들고 싶어 하며 국민을 행복하게 만들 줄 아는 정부가 가장 훌륭한 정부이다. 땅은 정치의 근본이다. 토지행정을 옳게 하면 반드시 그에 정비례하는 실적과 수확을 얻을 것이다.

* 국민의 복지를 생각하는 정부가 최상의 국가입니다.

November 024

세월은 우정을 강화한다

I agree with no one's opinion. I have some of my own.

나는 누구의 의견에도 찬성하고 싶지 않다. 나는 나의 의견을 가지고 있다.

Ivan Sergeyevich Turgenev(러시아의 소설가, 「아버지와 아들」의 저자)

친구의 웃음과 사랑만큼 사람을 끄는 매력의 가치가 있는 것은 없다. 가슴속에 사랑이 있는 사람에게 우정을 제공하는 것은 배고픔으로 죽어가는 사람에게 한 덩어리의 빵을 주는 것과 같다. 그러므로 우정은 항상 이롭지만, 애정은 해로울 때가 있다. 금이 불 속에서 시험 되듯 우정 또한 역경 속에서 시험 된다. 우정의 위대한 효과는 자선이다. 그럼에도 우정은 마치 식물이 열매를 맺고 죽는 것처럼 그 지나친 친절의 최초 행동으로 말미암아 위험에 당면하게 된다. 인생은 많은 우정에 의하여 강화되어야 한다. 사랑하는 것과 사랑받는 것은 실재하는 가장 큰 행복이다. 젊은 사람의 생활에서 행복에 가장 필수적인 것은 우정의 선물이다.

* 삶에서 남녀간의 사랑은 독초가 되기도 하지만 우정은 언제나 좋은 약초입니다.

November 025

아름다움의 창조는 예술이다

A lie has no leg, but a scandal has wings.

거짓말은 발이 없다. 그러나 추문은 날개가 있다.

Thomas Fuller(영국의 성직자, 역사가)

이 세상은 하나의 왕이며 은총의 보답으로 아첨을 바란다. 그러나 진정한 예술은 이기적이고 외고집이어서 아첨의 틀에 굴복하지 않을 것이다. 위대한 예술은 비이성적이다. 학식 있는 자는 예술의 이론을 이해하며 학식 없는 자는 그 즐거움을 이해한다. 판단은 어렵고 기회는 순간적이다. 예술은 영적 교섭을 요구하며 예술가는 자기가 경험한 기쁨을 타인들이 나누어 가지도록 해야 한다.

* 창조적인 영혼의 발로인 예술은 그 자체로 가치가 있습니다.

November 026

예술은 인간의 계시다

God doesn't require us to succeed; he only requires that you try.

하느님은 우리가 성공하기를 바라지 않는다. 단지 도전하기를 바라고 있을 뿐이다.

Mother Teresa(수녀, 노벨 평화상 수상)

예술의 역사는 부활의 역사이다. 가장 많은 수의 가장 위대한 사상을 자기 작품의 총화 속에서 구현시킨 사람이 가장 위대한 예술가다. 예술가는 자신의 예술을 위하여 자신을 희생하여야 한다. 비평은 쉽고 예술은 어렵다. 음악은 인류의 공통 언어이며 시는 인류 공통의 오락이고 즐거움이다. 시 뒤에는 시인의 혼이 있고, 캔버스 뒤에는 화가의 맥박이 뛰고 있다. 시인이 자기 작품을 해설하면 그 작품의 암시성을 제한하게 된다. 번역의 기술은 외국어를 알고 있는 것보다 자국어의 실력에 더 크게 달려 있다. 사진은 인간의 얼굴 위에 씌워지는 온갖 감정의 변천과 인간이 물려받은 땀과 하늘의 미, 그리고 인간이 창조해 놓은 재산과 혼란을 기록한다.

* 예술은 시대의 사상을 담고 시대를 뛰어넘는 유산입니다.

November 027

독서는 마음을 다스린다

There's something just as inevitable as death. And that's life.

죽음과 마찬가지로 피할 수 없는 것이 있다. 그것은 사는 것이다.

Charles Chaplin(영국의 배우, 영화감독)

문학은 문화의 상태이며 시는 문화 전후의 우아한 상태이다. 문학은 명예와 치부를 박탈당한 수재들을 위하여 활짝 열려 있는 영광으로 통하는 대로이다. 문학은 환경의 악에서 자신을 보호하려는 인간의 노력이며, 국민의 심정을 글로 나타낸 것이고, 의미로 채워진 언어로 생각하는 영혼의 사상이고, 다음 시대에 이익 배당을 지급하는 천재의 투자이다. 또 문학은 경험의 분석이며 발견한 것을 하나로 종합한 것이어야 한다.

* 문학은 그 시대의 마음과 사상을 담아 후세에 전달하는 그릇입니다.

November 028

좋은 책은 영구불멸한다

I never think that people die. They just go to department stores.

사람은 죽는다고 생각하지 않는다. 잠시 백화점에 갈 뿐이다.

Andy Warhol(미국의 예술가 팝 아트의 기수)

열정이 책을 기획하고 사이사이의 휴식이 책을 쓴다. 독서는 충실한 사람을 만들고, 협의는 준비성 있는 사람을, 저술은 정확한 사람을 만든다. 출판되지 않은 원고는 영혼을 부패시키고 오염시키면서 영혼 속에서 괴로워하는 고백 되지 않은 죄악과도 같다. 화려한 행위는 고도의 황홀경을 불어넣고 모든 정복자는 시신을 창조한다. 작가가 되는 데에는 지성 이상의 무엇이 필요하다. 자기가 믿고 있는 대로 살아갈 용기가 없으면 누구도 종이에 한 자도 쓰려고 하지 않을 것이다. 향기 없이 완전한 꽃이 있을 수 없듯이 매력 없이 훌륭한 문학이 있을 수 없다.

* 작가는 종이에 자기 영혼을 실어 넣어 작품을 만들어냅니다.

시는 가장 행복한 순간의 기록이다

Do not suppose opportunity will knock twice at your door.

기회가 두 번 문을 두드릴 거라 생각하지 마라.

Nicolas Chamfort(프랑스의 극작가)

산문이 아닌 것은 모두 운문이요, 운문이 아닌 것은 모두 산문이다. 시는 시인의 내심적이고 개인적인 것으로 믿는 감성의 토로이다. 그러나 독자는 그것을 자기 자신의 것으로 인식한다. 시는 정서의 느슨한 변환이 아니라 정서로부터의 도피이며, 개성의 표현이 아니라 개성으로부터의 도피이다. 시는 사물을 말하는 가장 아름다우며 인상 깊고 광범위한 효력을 가진 양식이요, 자연적 언어이고 인류의 모국어이다.

* 시는 자연과 인간을 이어주는 가장 아름다운 언어입니다.

November 030

음악은 마음의 상처를 치유하는 약이다

I'd rather have more heart than talent any day.

재능보다는 항상 용기를 가지고 싶다.

Allen Ezail Iverson(미국의 농구 선수)

음악은 천사의 언어이며 만국어이다. 내가 인생을 다시 시작한다면 음악에 일생을 바칠 것이다. 음악은 이 세상의 유일한 기쁨이다. 마음속에 음악이 없는 사람, 감미로운 화음에 감동하지 않는 사람은 배신, 음모, 강도질에 알맞다. 음악이 있는 곳엔 악이 있을 수 없다. 음악은 사람의 마음을 부드럽게 하기 위한 것이요, 사람의 마음을 음탕하게 하자는 것은 아니다. 모든 예술 중에서 음악만이 순수하게 종교적일 수 있다. 민족의 마음을 격려하는 노래는 그 자체가 바로 하나의 행동이다.

* 음악은 하늘이 인간을 위로하고자 내려준 축복입니다.

The tragedy of love is indifference.

사랑의 비극은 무관심이다.

12월
절약은
우리 삶을 풍요롭게 만드는
정신적 습관입니다.
December

December 001

책은 사람을 만든다

Peace begins with a smile.

평화는 미소로부터 시작된다.

Mother Theresa(수녀, 노벨 평화상 수상)

책을 만드는 것은 시계를 만드는 것 같은 일이다. 정교해야 하며 정확해야 한다. 용기가 없으면 대중을 위한 글을 쓸 수 없다. 독자를 웃기라, 울리라, 기다리게 하라. 가장 위대한 것은 단순하게 말해야 효과가 있고 강조를 하면 망치고 만다.

* 문장으로 사람의 마음을 흔드는 것이 책을 만드는 작업의 본령입니다.

December 002

시인은 영원의 화가

The course of true love never did run smooth.

진정한 사랑의 길은 가시밭길이다.

William Shakespeare(영국의 극작가, 시인)

위대한 시인은 자신을 쓰면서 자기 시대를 그린다. 시인은 어둠 속에 앉아 자신의 외로움을 달래기 위하여 아름다운 소리로 노래 부르는 나이팅게일이다. 시인은 불멸의 설교자이며 영혼의 화가이다. 시인들만이 불멸을 확신한다. 시인들은 가장 진실한 자연의 예언자이다. 시인의 과제는 참으로 막중하고 신성하다. 사랑이 없는 시인이란 형이하학적 형이상학적 불능이리라. 시인은 항상 황금이 결핍되어 있다. 시인을 가장 즐겁게 하라. 모든 사람이 보는 것은 시인을 통해서이다.

* 시인은 사람들이 세상을 들여다보는 아름다운 창을 만들어주는 사람입니다.

December 003

음악과 사랑은 정신의 날개

Gravitation can not be held responsible for people falling in love.

사람이 사랑에 빠지는 것은 만유인력 때문이 아니다.

Albert Einstein(이론 물리학자, 노벨 물리학상 수상자)

음악은 마음속 깊이 파고드는 마력을 가진 박자와 곡조로 세련된 거친 소리에 불과하다. 그럼에도 음악은 사나운 마음을 순화시키는 마력이 있으며 미술의 최상급과 어깨를 나란히 하여야 한다. 시를 읽음으로써 바른 마음이 일어나고, 예의를 지킴으로서 몸을 세우고, 음악을 들음으로써 인격을 완성하게 된다. 음악은 사람의 마음을 부드럽게 하기 위한 것이요, 사람의 마음을 음탕하게 하자는 것은 아니다. 인간이 획득할 수 있는 진리치고 음악에서 생기는 진리보다 더 참된 것은 없다.

* 음악은 모든 예술에 영감을 주는 예술이자 하늘과 맞닿는 작업입니다.

December 004

천재는 근면으로 길러진다

Love is Nature's second sun.

사랑은 자연계의 두 번째 태양이다.

George Chapman(영국의 극작가, 시인)

천재는 고통을 무한대로 받을 수 있는 수용력이다. 천재는 인내이다. 보통 사람이 할 수 있는 일이란 천재를 양육하는 것뿐이다. 재능은 인간의 능력 속에 있는 것이요, 천재는 자기의 능력 속에 인간이 있는 것이다. 역경은 천재를 드러내고 순경은 천재를 감춘다. 천재가 한 일치고 인류의 기쁨이 되지 않는 것이 없으며 천재가 한 말치고 빠르건 늦건 간에 인간의 마음과 감응되지 않은 것이 없다. 천재의 모든 생산은 틀림없는 열성의 산물이다. 천재의 가장 놀랍고 장한 증거는 교양을 쌓은 나이에서 씌어진 위대한 시라고 믿는다.

* 천재는 타고나지만, 인내와 역경을 통해 발휘됩니다.

December 005

책은 마음의 신성한 마취제

True love is inexhaustible; the more you give, the more you have.

진실한 사랑은 무한하다. 주면 줄수록 커진다.

Saint Exupery(프랑스 작가, 조종사)

책은 인생의 험준한 바다를 항해하는 데 도움이 되게끔 마련된 나침반이요, 망원경이요, 풍경화처럼 독자와 함께 변하는 의식의 상태이다. 책은 비장하게 생산된 세상의 재산이요, 세대와 알맞은 민족의 상속재산이요, 넓고 넓은 시간의 바다를 지나가는 배이다. 책은 다가오는 세대가 듣게끔 소리 높이 외치는 예언자이다.

* 시대와 사람을 읽고자 하는 현명한 사람은 늘 책을 가까이 합니다.

지식은 힘이다

A relationship, I think, is like a shark. You know? It has to constantly move forward or it dies.

연애란 상어와 같아 항상 전진하지 않으면 죽고 만다.

Woody Allen(미국의 영화감독, 배우)

지식은 동정이요, 자비요, 친절이며 무지만이 지옥의 제조자이다. 지식은 영혼의 행동이며 대상과 지성의 일치이다. 지식은 무지가 알 수 없는 것을 아는 것이다. 아름다움은 신이 준 것이지만 지식은 시장에서 구매된다. 지식은 한 걸음씩 발전하는 것이지 도약으로 발전되지 않는다. 진정한 지식은 겸손하며 세심하다. 정의를 떠난 지식은 지식이라기보다는 교활함이다. 자기의 영혼을 지식에 동여매는 자는 천국의 열쇠를 훔친다. 어둠 속에서는 선택이 없다.

* 지식을 쌓는 일은 영혼에 밥을 주는 일과 같습니다.

교육은 인격 형성이 목적이다

You can't be wise and in love at the same time.

사랑을 하면서 현명해질 수는 없다.

Bob Dylan(미국의 뮤지션)

교육은 인간을 만든다. 스스로 충분히 현명해지는 사람은 아무도 없다. 인생은 마시고 노는 것이 전부가 아니다. 교육을 경멸하는 자는 무식한 사람들뿐이다. 교육의 뿌리는 쓰지만, 그 열매는 달다. 자녀를 정직할 수 있게 하는 것이 교육의 시작이다. 마땅히 행할 길을 아이에게 가르치라. 그리하면 늙어도 그것을 떠나지 않으리라. 지극한 즐거움은 독서만 한 것이 없고, 지극히 필요한 것은 자식을 가르치는 것만 한 것이 없다. 자신에 대하여는 깊이 책망하고 남에 대하여는 가볍게 책망하면 원망을 멀리할 수 있다. 젊을 때에 배움을 소홀히 하는 자는 과거를 상실하고 미래에도 죽는다.

* 교육은 한 개인의 전 생애를 책임지는 발판입니다.

말은 마음의 지표요 거울이다

The doctor sees all the weakness of mankind; the lawyer all the wickedness, the theologian all the stupidity.
의사는 인간을 나약한 존재, 변호사는 인간을 나쁜 존재, 목사는 인간을 어리석은 존재로 본다.

Arthur Schopenhauer(독일의 철학자)

좋은 말은 사람을 신성하게 하고 나쁜 말은 사람을 죽인다. 말은 생명의 영상이고 마음의 초상이다. 사고 없이 말하는 것은 목표물 없이 총을 쏘는 것과 같다. 사람의 말씨는 그 사람 마음의 소리이다. 말하는 것은 지식의 영역이고 듣는 것은 지혜의 특권이다. 인간의 사상은 그 사람의 성향에 따르고 담화나 강연은 학식과 주입된 견해에 따른다. 당신이 자신에 대해서 생각하는 것은 다른 사람들이 당신에 대해서 생각하는 것보다 훨씬 중요하다.

* 말은 사람의 지성과 감성, 성격과 습관을 드러냅니다.

December 009

있는 그대로 보아라

I promise to be an excellent husband, but give me a wife who, like the moon, will not appear every day in my sky.

좋은 남편이 될 것을 약속한다. 단, 매일 밤은 나타나지 않는 달 같은 아내가 좋다.

Anton Pavlovich Chekhov(러시아의 극작가, 소설가)

역경에 처해 있을 적에는 차분한 마음을 갖고, 영화를 누릴 적에는 거만한 기쁨에서 마음이 나태해진다는 것을 잊지 마라. 지성인은 항상 자기의 허영심에 의해 속고 있다. 이성은 억제하는 것이요, 지성의 승리로 인생의 광명이고 등불이다. 이성은 신앙의 가장 큰 적이다. 마음이 이성을 정복할 만큼 억세지 못한 사람을 노예로 만든다. 모든 일을 자신에게 굴복시키기를 바라거든 자신을 이성에 복종시키라. 대부분의 사람이 눈은 가지고 있으나 이성을 가진 사람이 적다. 이성을 사용할 수 없는 자에게는 본능대로 하게 하라.

* 이성을 가진 자는 그렇지 못한 자를 부리는 위치에 서게 됩니다.

December 010

역사는 현재에 살아 있는 과거이다

My toughest fight was with my first wife.

내게 가장 힘들었던 싸움은 첫 아내와의 싸움이다.

Muhammad Ali(미국의 전 프로 복서)

역사는 현명한 만큼, 그리고 안식과 기백을 타고난 만큼 완전하다. 인간의 역사는 갈수록 교육과 재해 사이의 경주가 된다. 역사는 사람들에게 과거에 대해 알려줌으로써 그들로 하여금 미래에 대해 판단을 할 수 있게 해줄 것이다. 학문의 역사는 학문 그 자체이고 개인의 역사는 개인 그 자체이다. 세계의 역사는 세계의 심판이다. 역사란 지나간 정치요, 정치는 현재의 역사이다. 역사는 시대의 증인이고 진실의 등불로 국민의 노력을 위한 해도이자 나침반이다.

* 역사는 과거를 기록함으로써 미래의 지침을 만드는 작업입니다.

December 011

마음이 묶여 있는 곳이 조국이다

The tragedy of love is indifference.

사랑의 비극은 무관심이다.

William Somerset Maugham(영국의 극작가, 소설가)

내가 건강하고 부유하게 살 수 있는 곳이면 어디나 나의 조국이라고 생각한다. 우리 조국은 세계요, 우리 동포는 전 인류이다. 자기의 조국을 모르는 것보다 더한 수치는 없다. 어디든 자기가 잘 지낼 수 있는 곳은 자기의 조국이라 할 수 있다. 내가 가장 번영하는 곳에 나의 조국이 있다. 모든 사람의 모든 애정은 하나의 조국에 묶인다.

* 조국은 나고 자란 곳이기도 하지만, 자신이 안락하게 거하는 모든 곳이 조국이라 할 수 있습니다.

December 012

정치는 가능성의 기술

I'm not denying the women are foolish: God almighty made'em to match the men.

여성이 어리석다는 것을 부정하지 않지만 하느님은 남성에 어울리도록 여성을 만들었다.

George Eliot(영국의 여류 작가)

정치적 행동은 시민의 가장 높은 책임이다. 부드러운 것은 견고한 것을 이기고 약한 것은 강한 것을 이긴다. 정치는 유혈 없는 전쟁이지만 전쟁은 유혈 있는 정치이다. 정치는 인간을 행복하게 하는 기술이다. 권력은 평등을 용납하지 않으며 아첨을 위해 우정을 버린다.

* 정치는 권력 게임이 아니라, 사람을 행복하게 해주는 기술입니다.

December 013

권력이 커지면 남용도 커진다

A bank is a place that will lend you money if you can prove that you don't need it.

은행이란 돈을 빌릴 필요가 없다는 것을 증명할 수 있는 사람에게만 돈을 빌려주는 곳이다.

Bob Hope(영국 출신, 미국의 희극 배우)

죄를 짓고 얻은 권력이 선한 목적으로 사용된 적은 없다. 권력의 유일한 이점은 더욱 많은 선행을 할 수 있다는 것이다. 강자를 두려워할 필요는 없다. 모든 강한 자에게는 특별한 약점이 있다. 지나치게 권세가 있는 사람은 자기 권력 이상의 권력을 찾는다. 권력 투쟁에는 최고의 승진과 멸망이 있을 뿐 중간 과정은 없다.

*권력을 손에 잡는 수단이 올바르지 않고서는 올바른 정치를 구현할 수 없습니다.

December 014

건강과 부는 미를 창조한다

A business that makes nothing but money is a poor business.

돈만 벌기 위한 일이라면, 그것은 가난한 일이다.

Henry Ford(미국 포드자동차 창업자)

국민의 건강은 국민의 부유함보다 더욱 중요하다. 병든 제왕보다 건강한 구두수선공이 더 나은 법이다. 강한 신체는 정신을 강하게 만든다. 건강과 지성은 인생의 두 가지 복이다. 건강과 명랑은 서로서로를 낳는다. 자신의 건강을 돌보라. 건강하거든 신을 찬미하라. 건강을 훌륭한 양심 다음으로 소중히 하라. 건강은 우리 인간이 가질 수 있는 둘째 복이기 때문이다. 건강은 돈으로 살 수 없는 복이다.

* 건강은 재물로 살 수도 없고 재물과 바꿀 수도 없는 복입니다.

December 015

공손한 사람은 모욕하지 않는다

Live simply that others may simply live.

남들이 단순하게 살 수 있도록 검소하게 살라.

Mahatma Gandhi(인도 정치인)

검소함은 다스려 편안하게 하는 길이요, 사치는 재앙과 패망의 발단이다. 검소하고 절약하면 복을 받고, 사치하고 호화스러우면 재앙을 부르는 것은 하늘의 이치이다. 근면은 부유의 오른손이요, 절약은 그 왼손이다. 모자는 재빨리 벗되 지갑은 천천히 열라. 의복은 소박하게 입고 식사는 가볍게 하라. 절약은 인생을 가장 좋은 인생으로 만드는 기술이다. 검약은 다른 모든 미덕을 포용한다. 젊음은 오늘만 가질 수 있다. 늙어가는 세월은 언제나 찾을 수 있다. 사랑과 우정과 상호 자선 말고는 아무에게도 빚지지 마라. 국가 채무는 과도하지만 않으면 우리에게 국민적 축복이 될 것이다.

* 절약은 우리 삶을 풍요롭게 만드는 정신적 습관입니다.

December 016

가난은 부끄러운 것이 아니다

A lie can make it half way around the world before the truth has time to put its boots on.

진실이 신발을 덮는 동안 거짓은 이 세상 절반으로 퍼지고 있다.

Mark Twain(미국의 소설가, 「톰소여의 모험」 저자)

가난한 사람은 덕행으로, 부자는 선행으로 이름을 떨쳐라. 자연에 따라 살아간다면 절대 가난하지 않을 것이다. 가난하면서 원망하지 않기는 어렵고 부자이면서 교만하지 않기는 쉬운 일이 아니다. 없으면 굶을망정 남의 집 남의 것은 전혀 부러워하지 마라. 역사상 가장 위대한 사람은 가장 가난한 사람이었다. 마음이 즐거울 때의 빵 한 조각이 불행할 때의 부유함보다 낫다. 세상에는 가진 자와 갖지 못한 자의 두 부류가 있다. 살찐 돼지는 행복하지 않다. 신의 사랑을 받는 자는 참으로 부유하다.

* 재물이 많아도 영혼이 결핍되어 있다면 불운한 사람입니다.

December 017

참된 시는 덕의 표현

A mendicant who delights in vigilance, who looks with fear on thoughtlessness (who sees danger in it), moves about like a fire consuming every bond, small or large.

부지런함을 즐기고 게으름을 두려워하는 수행자는 타오르는 불꽃처럼 크고 작은 모든 심적 장해물을 태워버리고 살아간다.

Dhammapada(법구경)

사색과 사랑이 우리를 저버린다면 그날부터 시와의 모든 거래를 끊어버리자. 시는 단독으로서가 아니라 섬세한 과제로써 놀라게 해야 한다. 산문은 저녁과 밤을 그릴 수 있지만 시는 새벽을 노래하는 데 필요하다. 시의 혈관은 모든 사람의 마음속에 존재한다.

* 시는 가장 섬세한 영혼의 그림자입니다.

December 018

행동은 대담하게 하라

Give not yourselves over to sloth or to the intimacy with lust and sensual pleasures. He who meditates with earnestness attains great joy.

육체적 향락을 좇아서는 안 된다. 욕정의 즐거움에 빠져서는 안 된다. 마음을 가라앉히고 부지런히 정진하는 사람만이 풍요로운 행복을 얻을 수 있다.

Dhammapada(법구경)

세계의 넓은 싸움터에서, 인생의 야영에서 말 못하며 끌려 다니는 소처럼 되지 말고 전투의 영웅이 되라. 사물을 바로 판단하려면 지혜가 있어야 하고, 적에게 승리하려면 용기가 있어야 하며, 친화가 오래 계속되려면 신의가 있어야 한다. 담대한 사람은 불운에도 맞서 살아남는다. 겁 많고 야비한 자는 공포만으로도 절망에 굴복한다. 훌륭한 전사는 무용을 부르지 않고, 잘 싸우는 자는 성내지 않으며, 적에게 가장 잘 승리하는 자는 적과 대전하지 않고, 사람을 잘 쓸 줄 아는 사람은 그 사람 앞에 몸을 낮춘다. 이것을 다투지 않는 덕이라 한다. 우리는 단결해야 하며 겁내지 말아야 하고 백전불굴해야 한다.

* 삶은 전쟁과도 같습니다. 용감하고 대담무쌍한 마음으로 임해야 삽니다.

December 019

역경은 위대한 사람을 단련시킨다

A man does what he must – in spite of personal consequences, in spite of obstacles and dangers, and pressures – and that is the basis of all human morality.

하지 않으면 안 되는 일을 한다. 개인적인 불이익이 있다고 하더라도, 장애와 위험과 압력이 있다고 하더라도, 그것이 인간 윤리의 기초인 것이다.

John Fitzgerald Kennedy(미국의 35대 대통령)

위대한 일은 위대한 인물을 위해 남겨져 있고 자신이 위대하다면 어떤 의무도 소홀히 생각하지 않을 것이다. 큰 그릇은 늦게야 이루어지고, 아주 큰 소리는 도리어 잘 들을 수 없고, 도는 형체가 없다. 진실로 선한 자만이 진실로 위대하다. 위대한 행동은 위대한 기회에서 자라며, 위대한 기회는 사회에 변화를 가하고, 그 사회를 뿌리로부터 흔드는 위대한 원리에서 솟아나온다. 위인의 마음으로 위인의 일을 하는 자가 위인이다.

* 커다란 마음을 지니는 것이, 큰 세계를 품는 위인의 첫째 조건입니다.

December 020

좋은 시작은 반완성이다

An optimist is a person who sees a green light everywhere, while a pessimist sees only the red stoplight, the truly wise person is colorblind.

낙관주의자란 어디서나 청신호를 보는 사람을 말하고, 비관주의자란 적신호 밖에 보지 않는 사람을 말한다. 그리고 진정한 현자는 색맹이다.

Albert Schweitzer(독일 출신, 프랑스 국적의 의사, 음악가, 철학자. 노벨평화상 수상자)

첫 발걸음은 태반을 넘어선 것과 같다. 시작이 반이라는 속담이 말해주듯이 잘 시작한 것은 모든 사람의 칭송을 받는다. 천 리를 가려면 첫걸음부터 바르게 가야 한다. 세상은 둥글어서 끝처럼 보이는 그것이 또한 시작처럼 보일 수도 있다. 오직 열중하라. 그러면 마음도 달아오를 것이다. 시작하라. 그러면 그 일은 완성될 것이다. 끝이 좋으면 모두 좋다. 어리석은 자는 시초만 주의하고 현명한 자는 그 결과에 유의한다. 사람은 일을 계획하지만, 신이 결말을 짓는다.

* 모든 일은 시작과 끝이 중요합니다.

December 021

명성은 고결한 마음의 마지막 약점

A lie can make it half way around the world before the truth has time to put its boots on.

진실이 신발을 덮는 동안 거짓은 이 세상 절반으로 퍼지고 있다.

Mark Twain(미국의 소설가, 『톰소여의 모험』 저자)

명성은 잠깐 사이에 피었다 지는 여름 꽃과 같다. 명성은 숨겨진 생명을 가진 나무처럼 자라며 강물과 같아서, 가볍고 속이 빈 것은 뜨게 한다. 영혼을 깨우라. 온갖 신경을 다 펴고 힘차게 밀고 나아가라. 네가 알려지려 하면서 알려고 하지 않으면 시골에서 초목처럼 생활하라. 만일 알려고 하면서 알려지지 않으려면 도시에서 생활하라. 견고한 탑은 부서지지만 위대한 이름은 사라지지 않는다.

* 명성은 저절로 따르게 해야 하지, 명성을 얻는 일에 집착해서는 안 됩니다.

December 022

단순하게 살아라

Life is either a daring adventure or nothing.

인생은 과감한 모험이던가, 아니면 아무것도 아니다.

Heien keller(미국의 작가, 사회사업가)

청년기는 실수이고 장년기는 투쟁이며 노년기는 후회의 연속이다. 청년은 소득의 시절이고 중년은 향상의 시절이며 노년은 소비의 시절이다. 청년기는 열정에, 성년기는 투쟁에, 노년기는 명상에 잠겨 살지 않는 인생은 완전하지 못하다. 젊은이는 희망에 살고 노인은 추억에 산다. 젊은이들은 읽고, 어른들은 이해하고, 노인들은 칭찬한다. 청년은 아무것도 할 말이 없고 노인은 혼자 중얼거린다. 청춘은 기쁨에 가득 차 있고 노년은 걱정뿐이다. 청춘은 여름철과 같이 왕성하고 노년은 겨울철과 같이 황량하다.

*봄, 여름이 가면 가을, 겨울이 오듯, 우리 생의 노년은 곧 찾아오는 계절과 같습니다.

행복은 마음먹기에 달렸다

Anger dwells only in the bosom of fools.

분노는 어리석은 자의 가슴속에서만 산다.

Albert Einstein(이론 물리학자, 노벨 물리학상 수상)

인간의 행복은 생활에 있고, 생활은 노동에 있다. 가장 행복한 사람은 가장 재미있는 생각을 하는 사람이다. 행복에의 갈증은 인간의 마음속에서 절대 사라지지 않는다. 행복은 첨가된 인생이요, 인생의 수여자다. 행복은 마음이다. 행복은 완전한 생활 속의 완전한 덕이다. 행복하기를 원하면 즐거워하기를 배워라. 인생의 곳곳에서 스스로 손해 보는 것이 얻는 것이요, 자기 자신을 잊는 것이 행복한 것이다.

* 행복은 행복하고자 하는 마음에 있습니다.

December 024

오늘 일을 내일로 미루지 마라

As for me, all I know is that I know nothing.

내가 아는 것이라고는 내가 아무것도 모른다는 것이다.

Sokrates(고대 그리스의 철학자)

오늘 할 일을 파악하라. 그러면 내일 일에 많이 의존하지 않을 것이다. 우리는 내일에 대해서 아무것도 모른다. 우리가 할 일은 오늘을 행복하게 사는 일이다. 내일이 우리에게 무엇을 가져다줄 것인가를 묻지 마라. 매일매일 운명의 신이 주는 것을 소득으로 간주하지 마라. 어제는 돌이킬 수 없이 우리의 것이 아니지만, 내일은 이기거나 질 수 있는 확실한 우리의 것이다.

* 오늘 하루와 또 그다음 하루가 모인 것이 인생입니다.

December 025

사랑은 세계를 얻는 보석이다

At the touch of love, everyone becomes a poet.

사랑에 빠지면 누구나 시인이 된다.

Plato(고대 그리스의 철학자, 사상가, 아리스토텔레스의 스승)

사랑은 인생의 소금이다. 사랑은 죽음과 마찬가지로 모든 인간을 평등하게 하는 것이다. 참사랑이란 평생 익는 과일이다. 완전한 사랑이란 온 힘을 다 바치는 사랑을 의미한다. 사랑은 인생의 피요, 분리된 것을 재결합시키는 힘이다. 사랑의 말은 달콤하며 사랑의 생각은 더 달콤하다. 사랑 안에는 두려움이 없고 완전한 사랑이 두려움을 쫓아낸다.

* 사랑은 사람의 혈관에 도는 피와 같이, 삶에 생기를 불어넣어줍니다.

December 026

나를 버리고 남을 존경하라

Conquer yourself, not the world.

세계가 아니라 자기 자신을 정복하라.

Rene Descartes(프랑스의 철학자, 수학자)

사람이 존경을 받으려면 존경받을 만한 사람과 함께 지내야 한다. 인간은 숭배하는 동물이다. 평소에 스승과 어른을 공경할 줄 모르는 마음은 곧 뒷날에 임금과 부모를 공경할 줄 모르는 마음이 된다. 위엄을 너무 내세우면 부하가 실력을 발휘하지 못하고, 위엄이 너무 적으면 부하를 통솔하지 못한다. 우리들의 권위는 우리가 행하는 것에 있는 것이 아니라 우리가 이해하는 데에서 나온다. 공경은 모든 경의 중에서 가장 복잡하고 가장 간접적이며 가장 품위 있는 것이다.

* 공경과 존경을 받는 사람이 되려면 그만한 위엄과 학식을 갖추어야 합니다.

December 027

양심, 인간 내부의 소리

He makes no friend who never made a foe.

원수를 만들어 보지 않은 사람은 친구도 사귀지 않는다.

Alfred, Lord Tennyson(영국 시인)

양심은 영혼의 소리이며 정열은 육신의 소리이다. 선한 양심은 부드러운 베개이다. 나의 양심과 함께 홀로 남아 있는 것이 나에게는 충분한 재판이 될 것이다. 타인의 죄를 말할 때마다 당신 자신의 양심을 반성하도록 하라. 신과 사람을 대할 때 항상 양심에 부끄러움이 없도록 힘쓰라. 모든 일에 양심이 없는 자에게는 아무것도 맡기지 마라. 당신의 올바른 마음의 전당이 흔들리지 않게 하라. 양심이라 일컬어지는 하늘이 준 작은 불이 가슴속에서 타오르도록 힘쓰라. 양심이라는 벌레가 아직도 그대의 영혼을 쏠고 있다.

*양심은 우리 영혼이 잠들지 않도록 빛을 비추는 등불입니다.

December 028

지혜는 능력으로 얻는다

True virtue is life under the direction of reason.

진정한 미덕은 이성이 인도하는 삶이다.

Baruch de Spinoza(네델란드 유대계 철학자)

지혜 있는 사람은 물을 좋아하고 어진 사람은 산을 좋아한다. 지혜 있는 사람은 움직이고 어진 사람은 고요하다. 청년기는 지혜를 연마하는 시기요, 노년기는 지혜를 실천하는 시기이다. 지혜가 없는 곳엔 행복이 없다. 신에게 복종하지 않으면 지혜는 없다. 지혜를 모으라, 자신을 방위하라. 지혜를 이해하는 데는 지혜가 필요하다. 음악은 청중이 귀머거리면 아무것도 아니다. 지혜는 우리에게 침착하고 온순하라고 가르쳐왔다. 쓸데없고 희망 없는 슬픔 속에는 지혜가 없다. 그러나 슬픔에는 미덕과 같은 그 무엇이 있어서 전혀 슬픔을 모르는 자는 사랑을 받을 수가 없다.

* 인생에서 마주치는 기쁨과 행복, 슬픔과 고통에서 지혜를 터득해야 합니다.

December 029

성공의 절반은 인내심이다

The righteous man rejoices in this world, he rejoices in the next; he rejoices in both. He rejoices and becomes delighted seeing the purity of his own actions.
선행을 한 사람은 이승에서는 물론 저승에서도 기뻐한다. 이렇게 양쪽에서 자신의 마음을 기쁘게 한다. 자신이 베푼 선행을 바라보며 기뻐하고 또 기뻐한다.

Dhammapada(법구경)

치료할 수 없는 것은 참아야 한다. 참고 견뎌라. 그리고 더 좋은 시절을 위하여 자신을 돌보라. 인내는 아무 정원에서나 자라는 꽃나무가 아니다. 인내는 희망하는 기술이다. 슬프면서 침묵하는 것, 강하고 끈질기게 참는 것은 존엄이다. 천성이 참기에 적합하지 않은 자에게는 아무 일도 일어나지 않는다. 용서하는 것이 신다운 것처럼 극한을 인내하는 것은 사람답다. 현명한 사람은 역사를 서두르려고 하지 않는다. 조용히 견디지 못하는 것이 인류의 가장 큰 결점 중 하나다.

* 신중히 기다리는 사람은 좋은 결말을 만나고, 급하게 결론을 내리려는 사람은 좋지 않은 결말을 만납니다.

December 030

오늘 웃는 자가 최후에 웃는다

The wise who have clearly understood this reflectiveness delight in reflectiveness and rejoice in the knowledge of the Aryas.

현명한 사람은 부지런함에 대한 진리를 깨닫고 자신의 부지런한 마음을 기뻐한다. 그리하여 그는 성인의 경지를 즐기게 된다.

Dhammapada(법구경)

일은 인간 생활의 피할 수 없는 조건이며 인간 복지의 참된 근원이다. 일의 목적은 생활에 의미를 주는 것이다. 일을 위하여 일하라. 그러면 명예와 돈은 저절로 따라온다. 바쁜 사람은 눈물을 흘릴 시간이 없다. 일에 관해서만 얘기하라. 그리고 빨리 그 일을 해치우라. 모든 사람이 일자리를 갖고, 자기가 할 수 있는 최고의 일에 고용되도록 하라. 최선을 다했다는 양심을 가지고 죽게 하라. 자기가 할 일을 찾아낸 사람은 복이 있다. 일을 몰고 가라. 그렇지 않으면 일이 너를 몰고 갈 것이다. 흙으로 거칠어진 손에는 축복이 있으리라.

* 부지런히 일하는 손으로만 내게 주어진 축복을 잡을 수 있습니다.

December 031

영광은 미덕을 뒤따른다

Not a mother, not a father, nor any other relative will do so much; a well-directed mind will do us greater service.

어머니와 아버지가 어떤 행복을 주고, 또한 친척들이 어떤 행복을 준다고 하더라도 올바른 마음은 자기 자신에게 보다 큰 행복을 가져다준다.

Dhammapada(법구경)

이기적인 원칙에서 쌓아올린 영광은 수치이고 범죄다. 영광은 반딧불처럼 멀리서는 밝게 빛나지만 가까이서 보면 열도 없고 빛도 없다. 착한 사람들의 영광은 그들의 양심 속에 있지 입 속에 있지 않다. 훌륭하다 칭송 받는 사람도 영광을 얻으려는 마음만은 끝내 버리지 못한다. 강물이 대양으로 흘러가는 동안, 하늘이 별에 먹이를 주는 동안, 언제나 너의 명예, 너의 이름, 너의 영광은 남을 것이다.

* 위인은 영광을 애써 좇지 않고, 저절로 따라오게 합니다.

365 매일매일 감동을 주는 마음의 선물

2016년 4월 10일 1판 1쇄 인쇄
2020년 9월 10일 1판 4쇄 발행

지은이 | 곽광택
펴낸이 | 김정재
펴낸곳 | 뜻이있는사람들
북디자인 | 페이퍼마임

등록 | 제410-304호
주소 | 경기도 고양시 덕양구 지도로 92번길 55. 다동 201호
전화 | 031-914-6147
팩스 | 031-914-6148
이메일 | naraeyearim@naver.com

ISBN 978-89-90629-32-6 03810